dtv

Es ist Liebe auf den ersten Blick: Als Ruth an Edward vorbeiradelt, ist es um ihn geschehen. Der erfolgreiche Virologe sieht in Ruth – Soziologiestudentin, blondes Haar, fünfzehn Jahre jünger als er – die Chance seines Lebens. Die beiden werden ein Paar und heiraten. Doch schon bald zeigt sich, dass der selbstbewusste Wissenschaftler, der seine Versuchstiere bisweilen eigenhändig tötet, wenn es der Karriere dient, den moralischen Anforderungen seiner sensiblen, integren Frau nicht standhalten kann. Edward wird klar, dass sein besseres Ich bei seinem raschen Aufstieg auf der Strecke geblieben ist – für immer?

Tommy Wieringa, geboren 1967, ist einer der erfolgreichsten niederländischen Schriftsteller. Er studierte Geschichte und Journalistik, war Redakteur einer Literaturzeitschrift und Musiker. Er schreibt Erzählungen, Reisereportagen, Hörspiele und Gedichte. Wieringa lebt auf einem Bauernhof in der Nähe von Amsterdam.

Tommy Wieringa

Eine schöne junge Frau

Roman

Aus dem Niederländischen
von Bettina Bach

dtv

Von Tommy Wieringa ist bei dtv außerdem erschienen:
Joe Speedboat (13729)

**Ausführliche Informationen über
unsere Autoren und Bücher
www.dtv.de**

FSC
www.fsc.org
MIX
Papier aus verantwortungsvollen Quellen
FSC® C019821

2016 dtv Verlagsgesellschaft mbH & Co. KG, München
Lizenzausgabe mit Genehmigung des Carl Hanser Verlag

Die Originalausgabe erschien 2014 unter dem Titel
›Een mooie jonge vrouw‹ bei Stichting Collectieve Propaganda
van het Nederlandse Boek (CPNB) in Amsterdam.

Umschlaggestaltung: Wildes Blut, Atelier für Gestaltung,
Stephanie Weischer unter Verwendung eines Fotos von
Trevillion Images/Jenn DiGuglielmo
Satz: Gaby Michel, Hamburg
Druck und Bindung: Druckerei C.H.Beck, Nördlingen
Gedruckt auf säurefreiem, chlorfrei gebleichtem Papier
Printed in Germany · ISBN 978-3-423-14507-7

Meinen Freunden und Mitstreitern

Damit vertreiben sich Männer und Frauen beim gemeinsamen Abendessen die Zeit, Ehepaare, die einander noch nicht so gut kennen. Mit der Frage: »Wie habt ihr euch eigentlich kennengelernt?«

Ein Blickwechsel, dann sagt sie: »Das kannst du besser erzählen.«

»Es war einmal in einem fernen Land …«

»Gar nicht! Einfach nur in Utrecht, vor sieben Jahren.«

»Na gut, dann eben kein Märchen.« Er wirkt etwas enttäuscht. »In Utrecht, vor sieben Jahren. Ich saß auf einer Caféterrasse, da biegt ein Mädchen in die Straße ein. Man darf dort eigentlich gar nicht radeln, aber so ein Mädchen kann sich alles erlauben. Für sie lässt sich jeder Polizist ausnahmsweise erweichen und hält alle Autofahrer an.«

»Du übertreibst, Schatz. Außerdem war ich da schon sieben- oder achtundzwanzig.«

»Sie sitzt auf einem Mountainbike, leicht vornübergebeugt, mit dem Hintern in der Luft. Ohne dieses Detail kann ich die Geschichte nicht erzählen. Der Hintern, mit dem alles anfing. So ist sie an mir vorbeigeradelt, in dieser Straße voller Menschen, mit ihrem blonden Haar und diesem Hintern …«

»Jetzt reichts aber langsam.«

»Ich sollte doch die Geschichte erzählen?«

Der andere Mann aus der Gruppe drückt den Rücken durch. »Ich will das auch hören. Das mit dem Hintern.«

»Reiß dich zusammen, Lou!«, mahnt seine Frau.

»Ich sah sie zwischen all diesen Menschen verschwinden und habe mich gefragt: Wie soll ich sie je wiederfinden? Du kennst das Gefühl, Lou, du weißt, wie das ist. Dass man einer Frau am liebsten hinterherrennen würde und rufen: Wer bist du? Ohne dich kann ich nicht mehr leben! Heirate mich, auf der Stelle!«

»Hm…«

»Egal, ein paar Wochen später saß ich im Willem I, und da sah ich sie wieder, am Billardtisch. Dieses Gefühl von Vorherbestimmung: Ich habe sie wiedergefunden… Ohne zu suchen. Es sollte also sein. Sie hat mit einer Freundin Billard gespielt. Wieder mit dem Hintern so… nach oben…«

»Ed, ich bitte dich.«

»Ich bin hingegangen und habe sie gefragt, wie sie heißt. Sie sollte mir nicht noch mal entwischen. Ihren Namen hat sie mir verraten, aber nicht ihre Adresse. Das wollte sie nicht.«

»Du warst betrunken.«

»Und trotzdem hast du ihm einfach gesagt, wie du heißt?«, fragt die andere Frau.

»Warum nicht?«

»Einem Wildfremden?«

»Ich fand ihn nicht übel. Alt, aber nicht übel.«

»Alt, aber nicht übel…«, wiederholt Edward. Er versucht es zu überspielen, doch es schmerzt ihn wirklich.

»Älter als ich jedenfalls. Einverstanden?«

»Vierzehn Jahre ...«

»Plus eins.«

»Soll ich jetzt noch zu Ende erzählen oder nicht?«

Wie er den Mann hinter der Theke um das Telefonbuch bat, darin blätterte und eine Seite herausriss, zu ihr ging. Sie baute sich gerade an der langen Bande auf, als er fragte: »Bist du das?« Dabei hielt er die Seite über dem Billardtisch unters Licht und zeigte auf einen Namen. Amüsiert musterte sie ihn. »Kann schon sein.«

»Schön, Ruth Walta. Wunderbar. Vielen Dank. Ich schicke dir eine Einladung.«

»Wir werden sehen. Und wie heißt du?«

»Edward«, antwortete er gutgelaunt. »Edward Landauer.«

»Hut ab, Ed«, sagt Lou. »Geschickter Schachzug, mit dem Telefonbuch. Ganz schön dreist.« Er greift nach der Flasche, schaut in die Runde und schenkt bloß Edward nach.

»Der Mut der Verzweiflung. Ich hätte wirklich nicht gewusst, was ich ohne sie machen soll. Stell dir vor, gerade war die ganze Welt noch voller Frauen, und plötzlich ist nur noch sie da.« Mit dunkelroten Lippen lächelt er seine Frau an. »Als hätte man haargenau eine Chance – und wenn man die vermasselt, fällt die Tür hinter einem zu und das Wunder wird sich nie wiederholen.« Seine Stirn glänzt, mit den Händen lenkt er die Wörter über den Tisch.

»War dir das nicht unheimlich, Ruth?«, fragt die andere Frau.

»Komisch, dass du das denkst. Ist es nicht schön, ein bisschen überrumpelt zu werden? Von einem Mann, der weiß, was er will, zielstrebig ist und so. Wünschen wir uns das nicht alle?«

»Ja, vielleicht schon, ja…« Sie steht auf. »Räumst du die Teller ab, Lou? Euer Besteck könnt ihr behalten.«

In der Küche zieht sie Ofenhandschuhe an. An diesem Nachmittag hat sie in einem Laden mit türkischen und surinamischen Spezialitäten schon nach Okraschoten gegriffen und sie genau angesehen. »Nun übertreib mal nicht, Claudia«, meinte Lou.

»Aber sie sind Vegetarier! Was soll ich denn kochen?«

Schließlich ist es ein Kartoffelgratin mit Ofengemüse geworden.

Am Tisch fragt Lou: »Du hast gesehen, dass er älter ist als du, Ruth. Und du, Ed? Ist dir auch aufgefallen, dass sie jünger ist?«

»Wartet, bis ich wieder da bin!«, ruft Claudia aus der Küche.

Einen Moment schließt Edward die Augen – das Mädchen mit dem Queue in der Hand, der im Licht über dem Billardtisch wabernde Zigarettenrauch. Der Schönheit gegenüber war er schon immer machtlos gewesen. Sie verschlug ihm die Sprache. Die Sonnenscheibe zwischen den Hörnern des perfekten kleinen Apis-Stiers, früher einmal in einem Damaszener Museum. Jemand hatte dieses Kunstwerk vor schwindelerregend langer Zeit angefertigt, Hände wie seine hatten die Scheibe so perfekt in Bronze gegossen. Im Laufe der Jahre war ihm jedoch klar geworden, dass auch die Schönheit einem Schmerzen zufügen konnte, gerade die Schönheit – sie konnte mit ihrer Strahlkraft schneiden.

Er öffnet die Augen wieder. Seine schöne junge Frau. »Nein«, sagt er, »nicht sofort.«

»Es ist dir nicht aufgefallen?«

»Ich habe bloß ... die Schönheit gesehen. Nicht das Alter.« Er erhebt sein Glas.

Sie legt ihre Hand auf seine. »Mein Schatz ...«

Die Gastgeberin tritt mit der Auflaufform an den Esstisch. »Du wolltest doch die Teller abräumen, Lou.«

»Gleich.«

Sie geht noch einmal zwischen der Küche und dem Tisch hin und her. Keiner bietet ihr an zu helfen.

»Köstlich, Claudia«, sagt Edward kurze Zeit später und prostet ihr zu.

»Ja, es ist gut geworden, Schatz.«

»Ich habe gut *gekocht*, meinst du wohl!«

»Genau.« Lou zwinkert Edward zu.

»Und wie ist es dann weitergegangen?«, fragt Claudia. »Als ihr euch kennengelernt habt?«

Er ruderte, sie saß hinten im Boot auf der Bank. Es gab kaum Strömung. Das Weideland ging allmählich in Wald über. Hohe, alte Bäume, Einzelwesen mit einem Namen. Sie trieben am gewölbten, moosbewachsenen Ufer entlang. Landhäuser schimmerten durchs Grün. Privatgrundstück. Anlegen verboten. Er dachte über diese Familien mit den geheimnisvollen Namen nach – sie hatten es nicht geschafft, die Last ihres Besitzes und ihrer Geschichte hatte ihnen das Rückgrat gebrochen. Ihre Chroniken standen mit Schimmel an die feuchten Wände geschrieben. Große Anwälte und Staatsmänner waren aus ihren Reihen hervorgegangen, solche, die das Land geformt und es der nächsten Generation in gutem Zustand übergeben hatten. Mit dieser Beständigkeit war es vorbei. Die Urenkel waren Banker und Schriftsteller geworden, in deren Leben drehte sich alles nur noch um sie selbst.

Das Grün über ihren Köpfen schloss sich, Pfeile prismatisch gebrochenen Lichts schossen zwischen den Laubkronen hindurch. Das Boot fuhr lautlos. Dort, wo die Ruder ins Wasser tauchten, entstanden seidige Wirbel, schwarz und silbern. Seine Hemdsärmel waren hochgekrempelt. Ruth fand, dass er schöne Arme hatte.

Sie fuhren wieder in den Tag hinein, breiteten eine Picknickdecke am Ufer aus und reckten die Gesichter der späten Sonne entgegen. Hinter ihnen lag eine mit grünen Netzen überzogene Kirschplantage. Er packte den Korb aus, sie fragte: »Alles selbst gemacht?« Kleine Sandwiches. Und Salat, die Sauce extra. »Ich mag Portulak«, meinte er. »Er schmeckt so, wie Erde riecht.«

»Komm«, sagte sie nach dem Essen, »gehen wir Kirschen kaufen.«

Sie trug ein weißes Baumwollkleid, ihre Beine waren braun gebrannt. In einer Verkaufsbude am Eingang der Plantage saß eine Frau mit Schürze. Edward kaufte ein Pfund Kirschen. Die Früchte waren süß und knackig, es war ein warmer, trockener Frühling gewesen. Sie spazierten zurück zum Fluss, spuckten die Kerne so weit, wie sie konnten.

Sie tranken Wein und sprachen über Ruths Soziologiestudium, mit dem sie nicht vom Fleck kam, dann über seine Reisen, die Kongresse, die er besuchte. Er musterte sie. Ob ihr wohl bewusst war, dass sie da einen knochentrockenen, perfekt zu einem Anlass wie diesem passenden Apremont trank? Sie kratzte sich am Bein. Ihre Nägel hinterließen weiße Spuren.

Einen Tag, nachdem er sie in der Kneipe angesprochen hatte, hatte sie seinen Namen in die Suchmaske eingetippt. Fotos von ihm bei internationalen Gesellschaften – auf dem Gebiet der Virologie war er eine Berühmtheit. Er war größer als die anderen. Sie fand, der Bart stehe ihm gut. Ein paar Tage später lag eine Einladung zu einem gemeinsamen Ruderausflug in ihrem Briefkasten. Am selben Tag noch hatte sie ihm eine Antwort geschickt.

In der Dämmerung steigt er als Erster ins Boot und reicht ihr die Hand. Sie nimmt sie und folgt ihm mit einem großen Schritt. Er rudert zurück, die Gegenströmung ist unerwartet stark. In der Dunkelheit unter den Bäumen will er das Boot genau in der Mitte halten und den Kurs so wenig wie möglich korrigieren, alles soll perfekt sein.

»Warte mal kurz«, sagt sie nach einer Weile. Sie beugt sich zu ihm vor und legt ihre Hand auf seine. Er hält inne. »Hörst du das?«, flüstert sie. »So still … Nicht mal ein Vogelzwitschern.« Nur die Tropfen, die von den Ruderblättern ins Wasser fallen. Kurz bevor sie ans Ufer stoßen, legt er das Ruder längs und lässt das Blatt ins Wasser sinken. Sie steht auf, fragt: »Darf ich aussteigen?« Beide gehen an Land, und er macht das Boot fest. Mit ihrem weißblonden, leuchtenden und verführerischen Haar verschwindet sie zwischen den hohen, glatten Baumstämmen. Ein Wesen, das Unglück bringt, wenn man seinem Gesang immer tiefer in den Wald hinein folgt.

Der englische Park gehört zu einem zwischen den Bäumen versteckt liegenden Landhaus ein Stück weiter hinten. Dunkle Fenster, keine Spur von Leben. Er will es für sie kaufen und sich diesen beleuchteten Bienenkorb in der Dämmerung jeden Tag von weitem ansehen. Dort wird er wohnen und dieser phantastischen Frau Kinder machen, für jedes Zimmer eines.

Sie erregt ihn unglaublich, doch er will nichts zerstören, indem er ihr seine Gier, sein verzweifeltes Verlangen zeigt. Deutlicher denn je begreift er, wie seine Verliebtheit ihn mit dem Jungen verbindet, der er früher war, mit dem ersten Mal, mit seinem trockenen Mund und dem ihm bis in die Kehle schlagenden Herz, mit dem ersten Mal aller darauffolgenden ersten Male. Er war nie verheiratet und nie lange mit einer Frau zusammen, immer ist er ein Sammler erster Male geblieben. Und jetzt ist er zweiundvierzig und sicher, dass alles bloß so gelaufen ist, damit er mit diesem Mädchen zusammenkommt.

Sie lacht, als sie wieder zwischen den Bäumen auftaucht, eine leichtfüßige, heidnische Göttin. »Wunderschön ist es hier.« Sie spricht immer noch leise, als würden die Bäume und das Gras lauschen. Dann stellt sie sich auf die Zehenspitzen, gibt ihm einen Kuss, und ihn überkommt das verwirrende Gefühl, dass sie in den Wald gegangen ist, um sich mit ihren Artgenossinnen zu beraten, Nymphen wie sie, die sich um das spiegelnde schwarze Wasser versammelt haben.

Auf dem feuchten Bett von Gras und Moos lieben sie sich langsam, scheu, ihre Körper sind noch nicht miteinander vertraut. Schon so schnell, so schnell, hallt es in ihm wider. Ihre Bereitwilligkeit macht ihn ganz schwindlig vor Glück. Das Entzücken in seiner Kehle wegen ihres jungen Körpers, einem Lichtfleck auf dem Waldboden. In seine Gesten schleicht sich Eile, Hunger. Vergessen ist seine Erfahrung, hastig wie ein Junge leckt er ihren Bauch, ihr salziges Geschlecht, hemmungslos, als hätte er zu viel getrunken. Später, als er sich auf den Armen abstützt und in sie eindringt, krümmt sie sich unter ihm zusammen. Er stößt in sie hinein, sie lacht. »Da bist du ja endlich.« Ihre Erfahrenheit überrascht ihn, er hat ganz vergessen, dass man in diesem Alter schon alles weiß.

Ihre von der grünen Dämmerung bedeckten Körper. Kalt werdender Schweiß, Sperma, das auf der Haut spannt. Sie ruht auf der Seite, im Schutz seines Arms, seine Hand liegt auf ihrem Po. »Schade, dass du nicht rauchst«, sagt sie.

Und er: »Ich habe mal gehört, dass Künstler immer das Gefühl hätten, weiter zu sein als ihre Vorgänger. Dass sie, wenn sie sich ihr Werk ansehen, glauben, die Geschichte übertroffen zu haben. Ein Gefühl von … Befreiung. Und Triumph.«

»Warum sagst du das?«

Er grinst. »Befreiung und Triumph eben.«

Sie bleibt einen Moment still. »Jetzt, meinst du?«

»Genau.«

»Toller Mann.« Und kurz darauf: »Und der nächste Schritt?«

»Welcher?«

»Der, dass es nie mehr besser wird als jetzt.«

In der Dunkelheit fahren sie zum Wassersportzentrum zurück. Weiden, baumbestandene Wälle. Und weit weg, am Horizont, die schwarzen Unigebäude, einfach planlos auf die Felder geklatscht. Ein Teil seines Lebens spielt sich dort ab. Noch weiter hinten die Uniklinik mit ihren Türmen aus pulsierendem Licht, wie ein Casino in der Wüste – es gibt Gewinner und Verlierer. Sie gleiten unter einer Kette hindurch und machen das Boot an dem Anleger beim Büro fest, die Rollläden sind zu und mit Vorhängeschlössern gesichert. Dort werden Süßigkeiten und Getränke verkauft, an der Wand hängt eine Karte der Wasserstraßen in der Umgebung.

In einer Kneipe am Park. Der Kellner stellte ein Glas vor sie hin und sagte: »Von dem Herrn dort.« Mit dem Kopf deutete er ans andere Ende der Theke. Edward nahm das Glas und trank es aus. In den ersten Jahren, als sie zusammen waren, passierte das mehrere Male; dann kippte Edward Kahlúa oder Blue Curaçao in sich hinein, den Blick auf die reglose Gestalt gegenüber gerichtet. Ein Saloon in Tombstone, 1885 – sie war die einzige schöne Frau weit und breit, Männer hätten ihr Leben für sie gegeben. Er war darauf gefasst, jeden Moment zusammengeschlagen zu werden.

Er wusste, dass ihre besondere Schönheit auch andere Verehrer anlockte, dass sie deren Leidenschaft mobilisierte, Männer mit dem manchmal aggressiven Bedürfnis, wahrgenommen zu werden. Ruth wissen zu lassen: Du täuschst dich, nicht er ist der Richtige, sondern ich, *ich*.

Sie war daran gewöhnt. Einige Männer benahmen sich so, während andere übertrieben höflich waren.

Ihre Schönheit hatte sie nicht verdorben, dachte er, nicht wie andere schöne Frauen, die er gekannt hatte. Tolle, intelligente Frauen, doch immer schien es ihm, als würde Schönheit gepaart mit Intelligenz zu einer tiefen inneren Zerrissenheit führen. Es dauerte eine Weile, bis man es sah, doch danach war es unmöglich, sich blind zu stellen. In der Literatur wurden solche Frauen gern als tragische Heldinnen dargestellt, aber wenn er von ihnen las, hätte er ihnen am liebsten hochdosierte Psychopharmaka verabreicht. Im echten Leben war er in diese Frauen verliebt, solange es ihnen gelang, ihr zerrissenes Wesen zu verbergen. Sie waren in jeder Hinsicht überdurchschnittlich – in Gesellschaft sprühten sie vor Witz und im Bett waren sie sensationelle Geliebte, die Welt war ihre Bühne. Doch früher oder später fielen sie alle aus der Rolle – Auftritt des Tragischen.

Ruth Walta schien eine glückliche Ausnahme zu sein. Bei ihr fand er keine geheime Kammer.

Sie sagte: »Ich habe, glaube ich, nicht so viele *issues*…«

»*Issues*?«

»Die haben Frauen.«

»Und du nicht?«

Sie zuckte die Achseln. »Das Übliche, aber keine großen Geheimnisse, glaube ich. Ich hoffe, das ist dir nicht zu langweilig?«

Sie hatte kaum Freundinnen, was er als gutes Zeichen sah. Irgendwann kam immer der Punkt, an dem sich Freundinnen miteinander verschworen – er erinnerte sich an früher, wie sie zusammen auf die Toilette gegangen waren, ihr geheimes Territorium; wenn sie zurückkamen, war seine Position stets geschwächt.

In ihrem ersten gemeinsamen Sommer lud Ruth zwei Freunde zu ihm ein, Henri und Diederik, die kannte sie seit ihrem Grundstudium.

»Wunderschön wohnen Sie hier«, sagte Henri.

Edward grinste. »Du kannst mich ruhig duzen.«

Ruth kam in die Küche und bat um einen Aschenbecher. Er fand keinen. Sie nahm eine Untertasse, drehte sich in der Tür noch einmal zu ihm um. »Kann ich dir helfen?«

»Nicht nötig. Unterhalte dich lieber mit den beiden.«

Ihre Stimmen im Garten klangen wie die vorbeifahrender Radler. Ob sie es mit einem von ihnen getrieben hatte? Wenn, dann mit Diederik. Er hatte einen breiten und unförmigen Mund, aber den Körper eines Wasserballspielers. Sein Händedruck war kräftig. Darum ging es: Wie man die Hand des anderen ergriff – manchmal war der Händedruck ausgewogen, andere Male geriet die eigene Hand so unglücklich in die des anderen, dass man keinen Gegendruck ausüben konnte. Das ließ sich nicht ändern, man konnte die Hand nicht zurückziehen und von vorn anfangen, sondern war dem anderen ausgeliefert. Der kräftige Händedruck des Jungen hatte Edward überrascht.

Er richtete Jakobsmuscheln auf einem Mangoldbett an und trug die Teller hinein.

Ruth und Henri saßen draußen, eingesponnen in das letzte Licht des Tages. Wein und Zigaretten auf dem Tisch. Ruths Sonnenbrille. Diederik stand mit einem Bier in der Hand ein Stück von ihnen entfernt. Was sah er? Bahnen von Torfstreu zwischen Rabatten und Laubengängen aus Rosen und Passionsblumen. In der Terrassentür band Edward die Schürze ab. »Essen ist fertig.«

»Lass uns draußen essen«, schlug Ruth vor, »es ist so schön hier.«

»Jetzt wird es aber bald kühler.«

»Ach, das geht doch ganz fix.« Ruth stand auf. Edward ging hinein, nahm die Teller vom Tisch.

»Warten Sie, ich helfe Ihnen«, bot Henri an.

Hinter Ruth und Diederik ging die Sonne unter. Diederik steckte eine ganze Jakobsmuschel in den Mund. Er kaut nicht mal, dachte Edward. Es hätten genauso gut Hamburger sein können. Wahrscheinlich hätten die ihm sogar besser geschmeckt.

Henri hatte Karten für eine Tanzparty. Er hatte extra zwei zurücklegen lassen, falls Edward und Ruth auch mitkommen wollten. »Super«, sagte sie, doch Edward schüttelte den Kopf. Er erinnerte sich an die Achtziger, an die nie enden wollenden Feten und den Mund voller Staub, wenn der Morgen kam. Jetzt kannte er sich da nicht mehr aus, weder mit der Musik noch mit den Drogen. Dieses Leben war vorbei, er ging bloß noch in Kneipen, an Orte, wo man sich verständlich machen konnte.

Henri erkundigte sich nach seiner Arbeit. »Ich weiß natürlich, wer Sie sind, aber ...«

»Sag ruhig du.«

Ruth lächelte.

»Ich habe dich mal in den Nachrichten gesehen, aber ich weiß trotzdem nicht genau, was du machst.«

Edward erzählte von seiner Virusforschung. Er war gerade im Auftrag der WHO in Hongkong gewesen. Alles Federvieh sei gekeult worden, der Himmel habe sich schwarz gefärbt.

»Hast du dich vielleicht angesteckt? Oder wie funktioniert das?«, fragte Diederik.

»H5N1 ist nicht auf Menschen übertragbar. Aber Grippeviren mutieren rasend schnell. Gut möglich also, dass sich in diesem Moment, irgendwo in meiner Lunge ...«

Er sehnte sich danach, mit ihr allein zu sein. Diese Jungen waren ein Missklang, er sah sich und Ruth aus ihrer Perspektive – eine junge Frau mit einem viel älteren Mann, einem Zweiundvierzigjährigen, dem sie die Frage stellen konnten: »Willst du eigentlich noch Kinder?«

Und Ruth, fragte sich Edward, ob sie wohl Kinder wollte? Darüber hatten sie noch nicht gesprochen. Sie waren erst so kurz zusammen.

Ende Januar fuhren sie über den Abschlussdeich, der die Nordsee und das Ijsselmeer voneinander trennt, nach Friesland, in ein Örtchen namens Bozum. Eine Neubauwohnung am Dorfrand. Der silberne Mercedes ihres Vaters unterm Carport. Die Rückseite des Hauses grenzte an das leere, glänzende Weideland. Hier war sie also aufgewachsen. Ein Dasein ohne große Brüche – der Lebensstandard und die Informationsströme hatten allmählich zugenommen, wie überall anderswo auch, aber das Leben war trotzdem noch ein Idyll.

Sie standen im Wintergarten. Eine Kirchturmspitze in der Ferne, ein Fluchtpunkt zwischen dem hellgrauen Himmel und dem eintönigen Grasland.

»Ach, ein Kaninchen«, bemerkte Edward.

»Die gibts hier in rauhen Mengen«, sagte ihr Vater hinter ihm.

Er war Bauunternehmer, hatte das Haus eigenhändig errichtet. Er nahm sich eine Zigarette aus dem Würfelbecher auf dem Tisch, tippte ein paarmal mit dem Filter an den Daumennagel und zündete sie mit einer Flamme in der hohlen Hand an. Wind, Regen. Edwards Großvater hatte ihm, als er jung war, eine Zigarette aus einem solchen Becher angeboten. Da war er stolz gewesen, dass man ihn für einen Raucher gehalten hatte.

Ruths Vater saß gebeugt in seinem Sessel, die Ellbogen auf die Oberschenkel gestützt, den Kopf leicht zwischen die Schultern gezogen – ein Arbeiter in der Pause.

Sie tranken Kaffee aus dünnwandigen Porzellantassen. »Milch für Sie?«, fragte die Mutter. Die Kaffeesahne färbte seinen Kaffee weiß.

»*Fryske Dúmkes*, kennen Sie die?«

Obwohl ihre Mutter sich große Mühe gab, rutschten ihr ständig friesische Ausdrücke heraus. Mit dem Mund voll Kekse schüttelte er den Kopf.

Später ging Ruth mit ihrer Mutter nach oben, Ordnung machen, Sachen aussortieren. Was weg konnte und was nicht.

Edward sah sich die Fotos auf dem Büfett an. Ruth als Kind, ein Geschöpf aus Licht und Goldfäden. Sie saß auf einem Pferd, streichelte einem mächtigen Stier den Hals, lachte, ihren jüngeren Bruder auf dem Rücken, mit großen, starken Zähnen in die Kamera.

Ihr Vater kam mit einer Flasche Korn und zwei Gläsern in der Hand zu ihm. »Fast fünf Uhr. Da kann man schon mal was trinken.« Er schenkte ein. »*Tschoch*, sagen wir hier. Verstehen Sie das überhaupt?«

»Prost, nehme ich an?«

»Genau.«

»Tschoch«, sagte Edward.

»Tschoch.«

Sie tranken. Ihr Vater tippte auf eins der Fotos. »Wissen Sie, wer das ist?«

Edward sah hin. »Ruth?«

»Nee, der Bursche da.«

Edward musterte das Bild aus der Nähe, als würde er sich mit Rindern auskennen. »Keine Ahnung«, sagte er schließlich.

»Sunny Boy. Da war er noch jung, noch lange nicht so ein Champion wie ein paar Jahre später. Aber was da schon in dem steckte … Ne gute Million Nachkommen hat er.«

Der Stier und das Mädchen, ein Siegerpaar. Das Tier war imposant, doch Edward konnte den Blick nicht von Ruth lösen. Sie war gerade mal zwölf, dreizehn Jahre alt. Auch damals schon hätte er sie bis zur Besinnungslosigkeit begehrt.

»Und wie solls weitergehen, wenn man fragen darf?«, sagte ihr Vater plötzlich mit einer Wucht, als hätte er sich die ganze Zeit zusammengerissen. Er war nicht so groß wie Edward, aber unbeugsam wie ein Ringer. Breite, kräftige Finger voller Risse, die nie mehr ganz sauber wurden.

»Womit?«

»Mit Ruth. Sie sind nicht mehr ganz der Jüngste, oder?«

Edward fragte sich, welcher Zusammenhang zwischen dieser Frage und dem Zuchtstier bestand, den er ihm gerade gezeigt hatte. »Wir sind ein paar Jahre auseinander, stimmt. Das ist nicht ideal, aber … Schade, dass ich erst vierzig werden musste, bevor ich sie getroffen habe …«

»Zweiundvierzig, hat sie gesagt.«

Eine warme Glut stieg ihm bis zu den Ohren.

»Sie könnten schon eine Familie haben.«

Edward straffte den Rücken. »Möglich wäre das, ja. Aber es hat sich nicht ergeben.«

»Sie wissen, dass Ruth schon mal verheiratet war?«

Edward wurde schwindlig.

»Wussten Sie das nicht?«

Sein alarmrot aufleuchtender Gedanke: die geheime Kammer … Jetzt hatte er sie gefunden. »Nein«, sagte Edward, »nein, ich wusste es nicht.«

»Da war sie gerade von zu Hause ausgezogen.«

Sie machten sich über ihn lustig, der Vater und die Tochter. Lachten über ihn, lachten ihn aus.

»Ob es nen Grund dafür gibt, hab ich sie gefragt. Aus Liebe, hat sie gesagt. Und ich: Das ist keine Antwort. Ein anständiger Kerl, das schon, aber Arbeit war ein Fremdwort für ihn. Sie wäre noch nie so verliebt gewesen, hat sie gesagt. Als sie aus Amerika wiederkam, hat sie uns ihren Ring gezeigt. Ne Überraschung!«

»Eine Überraschung. Kann man wohl sagen.«

»Wir haben uns den Kopf drüber zerbrochen, aber nie kapiert, was das sollte.« Er seufzte. »Die hat sich nie was sagen lassen.« Nachdem er das zweite Glas hinuntergekippt hatte, sagte er mit feuchten Lippen: »Sie und ich, wir sind gerade mal zehn Jahre auseinander. Sie sind eher von meiner Generation. Ich hatte gehofft, dass sie mich pflegt, wenn ich alt bin, aber so wie es jetzt aussieht, wird Ruth jetzt eher Sie durch die Gegend schieben. Wollen Sie das, meine Tochter als Pflegerin?«

»Das … Das ist vielleicht noch ein bisschen verfrüht.«

»Ach, glauben Sie? Na, dann will ich Ihnen mal die Zukunft vorhersagen. Aufs Jahr genau. In zehn Jahren ist der Doktor schon zweimal mit dem Finger bei Ihnen drin gewesen, um an der Prostata zu fühlen. Ordentlich weh tut das. Und Sie haben schon mal auf so nem Fahrrad gesessen, weil Ihre Finger so komisch kribbeln. Die Rohrleitungen sind auch ein bisschen verkalkt. Und den Beipackzettel können Sie auch nicht mehr ohne Brille entziffern. Ach, wo ist denn das blöde Ding?«

Edward lächelte. Ihr Vater hatte Humor, so viel stand fest.

»Da«, sagte der und zeigte auf Edwards Stirn.

Edward begriff nicht.

»Da ist es, auf Ihrer Stirn!«

Edward fuhr sich mit der Hand durchs Haar. »Was?«

»Die Brille! Die Lesebrille!«

»Ich komme noch ganz gut ohne klar«, sagte Edward, als Ruths Vater aufgehört hatte zu lachen.

»In drei Jahren sprechen wir uns wieder.«

»Wir werden sehen.«

»Das werden wir. Ganz bestimmt.« Damit gab er Edward einen Klaps auf den Arm.

Nach dem Essen spazierte er mit Ruth durchs Dorf. Am Rand von Bozum, in der Dunkelheit, stand die Kirche. »Die ist uralt. Ich weiß ich nicht mal genau, wie alt«, sagte sie.

Das Tor stand offen. Sie gingen über den Kiesweg an den Gräbern entlang. »Ich hätte es lieber nicht von deinem Vater erfahren«, sagte er ohne Umschweife.

Sie blieben stehen, die Steinchen knirschten unter ihren Sohlen. Ruth verstand nicht, wovon er sprach.

»Dass du schon mal verheiratet warst.«

»Das darf doch nicht wahr sein!«

Er bohrte mit den Hacken Löcher in den Boden. »Es hat wehgetan.«

»Ich wollte es dir noch erzählen.«

Oben im Turm schlug die Glocke die halbe Stunde.

»Es war keine große Sache, weißt du. Wir sind nach Las Vegas gefahren – schon seit er dreizehn war, hatte er immer Cowboystiefel an, falls er mal mit dem Chevy in Las Vegas aufschlägt. Dann haben wir da so eine Kapelle gesehen … Na ja, das wars eigentlich schon.«

Er vergrub die Hände in den Taschen und ging weiter.

»Es tut mir leid, mein Schatz, dass du es auf diese Weise erfahren hast«, sagte sie hinter ihm.

Auf der anderen Seite der Kirche war ein Totengräberhäuschen. Die Tür stand offen, er bückte sich und blickte hinein. Im Zwielicht erkannte er so etwas wie Tragbalken und Trennwände zum Abstützen der Gräber. Er zog Ruth ins Innere und schob sie an die Wand, seine Hände verschwanden unter ihrem Pulli, er umfasste ihre kleinen Brüste. Gänsehaut. Stehend an der Wand trieben sie es miteinander, sie atmete schwer an seinem Hals. Er vögelte sie hart und strafend. Mit dem Samenerguss besiegte er beide, den Typen mit den Cowboystiefeln und ihren Vater, und entführte sie weit weg von hier. Der Stier mit dem Mädchen auf seinem Rücken.

Als Edward Landauer siebzehn Jahre alt war und sich für ein Studium entscheiden sollte, sah er zwei Möglichkeiten. Entweder starrte er auf der Suche nach verborgenem Leben, Monden und Meteoriten mit Sternenstaub in ihrem Schweif durch astronomische Fernrohre ins Weltall, oder aber er beugte sich über Mikroskope, um die Grundlagen des menschlichen Daseins zu erforschen. In einer Jugendherberge in Kopenhagen las er *Also sprach Zarathustra* und fand die Antwort in Nietzsches leidenschaftlichem Appell, der Erde treu zu bleiben.

Zu dieser Zeit war die medizinische Mikrobiologie kein besonders dynamisches Fachgebiet. Die Pocken waren ausgerottet, Tbc spielte in der westlichen Welt so gut wie keine Rolle mehr, und der Polioimpfstoff war in nahezu hundert Prozent der Fälle wirksam. Der Kampf schien entschieden. Jetzt ging es um die noch verbleibenden Krankheiten – Viren und Bakterien, die nur in der Dritten Welt grassierten –, doch Edward war bereit, ihnen sein Forscherleben zu widmen.

Dann starb 1981 in Amsterdam ein Mann an einer rätselhaften Häufung schwerer Krankheiten. *Patient zero* war ein kräftiger, gesunder Mann, doch in null Komma nichts richtete ihn ein Sammelsurium von Immunerkrankungen zugrunde. Sämtliche Fachärzte des Krankenhauses versammelten sich um sein Bett, doch keiner konnte etwas ausrichten.

Im Januar 1983 wurden drei weitere Patienten mit ähnlichen Symptomen gemeldet und wenige Monate später noch sieben. Die meisten von ihnen waren vor Jahresende tot. Ihr Immunsystem war außer Kraft gesetzt, opportunistische Infektionen streckten sie nieder. Ihre Körper waren der Schauplatz von Viren- und Pilzbefall, von aggressivem Hautkrebs und neurologischen Erkrankungen, die Gehirn und Rückenmark angriffen. Die Patienten wurden blind und dement und ertranken in ihren eigenen Körperflüssigkeiten. Niemand kannte ihre Krankheit oder wusste, wo sie herkam, offensichtlich war bloß, dass sie vor allem homosexuelle Männer traf, Männer mit einem oftmals promiskuitiven Sexualleben – manche der Befragten meldeten Hunderte von Geschlechtspartnern jährlich.

Im Labor hörte Edward jemanden die Krankheit »Homokrebs« nennen, doch bald schon stellte sich heraus, dass auch Hämophilie-Patienten, Drogensüchtige und Empfänger von Bluttransfusionen anfällig dafür waren. Das Leiden bekam einen Namen: *acquired immune deficiency syndrome*, abgekürzt Aids.

Edward war fünfundzwanzig Jahre alt, für seine Diplomarbeit forschte er in unmittelbarer Nähe der Menschen, die sich mit der neuen Krankheit befassten, und so kam er an eine Promotionsstelle bei Herman Wigboldus, einem Professor für Virologie. Wigboldus hatte das isolierte Aidsvirus in seiner Brusttasche aus Amerika mitgebracht, eine legendäre Geschichte. HIV machte das verschlafene Forschungsgebiet der medizinischen Mikrobiologie mit einem Schlag zur Front moderner Wissenschaft, und durch einen glücklichen Zufall ereignete sich das alles direkt vor Edwards Nase. Geld, Ehre und Ruhm lockten. Das war die glorreiche Seite. Die bahnbrechende Forschung, die Aufregung über das Unbekannte. Ihre Pionierarbeit. Die Cowboys der Aidsforschung, nannte man sie.

Am anderen Ende des Spektrums herrschten Angst und Verzweiflung. Manche Chirurgen weigerten sich sogar, homosexuelle Männer zu operieren, weil sie fürchteten, sich anzustecken. Noch wusste niemand, wie sich das Virus verbreitete: über die Luft, über sexuellen Kontakt oder durch Berührung mit der Klobrille – alles war möglich. Eine Laborassistentin entwickelte innerhalb kurzer Zeit eine ernste Form von Ansteckungsphobie, die Pipetten mit dem Virenmaterial versetzten sie in panische Angstzustände. Manchmal kam der Professor laut »Virus!« schreiend ins Labor, und alle lachten, während sie auf ihrem Hocker erstarrte. Sie setzte ihre Promotionsarbeit in der Abteilung für Tiermedizin der Utrechter Universität fort.

Edward war wie im Rausch. Die Patienten starben reihenweise, und es wurde mit einer Dringlichkeit geforscht, als wäre man im Krieg. Die Labormitarbeiter hielten Infoveranstaltungen in Sälen voller homosexueller Männer ab. »Mein Partner und ich sind beide HIV-positiv, Herr Dr. Landauer, sollen wir dann trotzdem Kondome benutzen?«

Fragen, auf die niemand eine Antwort hatte.

Bei einer Teambesprechung sagte Wigboldus: »Scheint so, als müssten wir uns bei der gesamten ersten und zweiten Generation entschuldigen.«

Die Laborassistenten schwiegen. »Verzeihung, aber was meinen Sie damit?«, fragte eine Wissenschaftlerin schließlich.

»Tja. Dass sie wohl alle hopsgehen werden.«

Im Herbst sah sich Edward eines Tages auf einem kleinen Fernseher in der Kantine eine Anti-Atomwaffen-Demo in Den Haag an. Diese Protestkundgebung, erklärte der

Nachrichtensprecher, könnte sich gut und gern zur größten niederländischen Demo aller Zeiten auswachsen. Hinter ihm zogen die Menschenmassen vorbei.

Ein Kollege kam zu Edward und sah sich das Spektakel ebenfalls eine Weile an. »Diese Trottel«, sagte er dann. »Die haben keine Ahnung, dass nicht Atombomben unser Untergang sein werden, sondern Viren.«

Mit harter Hand formte Wigboldus sieben Doktoranden und Postdocs zu brauchbarem Material. Sie veröffentlichten in *Nature*, *Science* und *The Lancet*, die Forschungsgelder flossen in Strömen. Edward begleitete den Professor zu Kongressen und erfuhr von ihm, wer wen verabscheute und mit wem er sich am besten zusammentun sollte. »Das ist das eine: Wie das Spiel funktioniert. Das zweite ist die Forschungsarbeit, die muss top sein – und am Ende pipettieren wir uns noch den Nobelpreis zusammen, was?«

Er klang wie ein Autoverkäufer, fand Edward, doch ihm war klar, dass diese Aggressivität und Rücksichtslosigkeit die Voraussetzungen für seinen Erfolg waren.

»Wissenschaft ist Rufschädigung«, sagte Wigboldus abends in der Hotelbar. »Kreative Zerstörung. Einem anderen die Karriere vermasseln, weil die eigenen Forschungsergebnisse seine zunichtemachen.« Seine Genugtuung war unüberhörbar.

Dieses Umfeld von Pioniergeist und Machtgier prägte Edward. Wigboldus' Geltungssucht und das Gemeinwohl fielen zusammen – Edward hatte ihn Verbundenheit mit den Patienten vorspiegeln sehen, während es ihm außer Sichtweite der Kameras viel wichtiger war, die National

Institutes of Health oder das Institut Pasteur auszustechen.

Von dem autoritären Gehabe des Professors ließ er sich nicht einschüchtern. Er wusste, dass dieser ihn seiner wissenschaftlichen Intuition wegen schätzte. Außerdem hatte er ein Händchen dafür, den Stand der Dinge auf ihrem Forschungsgebiet klar und deutlich zu vermitteln, also überließ Wigboldus ihm das Gros der Pressearbeit. Und weil das neue Retrovirus eine Art dynamischer Hysterie auslöste, musste er den Journalisten allwöchentlich Rede und Antwort stehen.

Wigboldus wohnte mit seiner Frau und zwei Hunden in einer Villa am Rand von Amstelveen. Als Edward einmal zum Essen eingeladen war und mit dem Professor über den Rasen zum Haus ging, bat dieser ihn, sich die Schuhe am Gras abzutreten. »So hält man sich den Schmutz der Stadt ein bisschen fern.«

Edward fand diesen Gedankengang für einen international bekannten Virologen unbegreiflich und völlig unwissenschaftlich. Total überspannt, dachte er. Ihre Dalmatiner lagen in den Sesseln, bekamen während der Mahlzeit Häppchen zugesteckt. Warum das Ehepaar kinderlos geblieben war, traute er sich nie zu fragen.

Einmal ging Edward in Wigboldus' Büro. »Kannst du mal eben kommen, Herman?«

Bei angezüchteten menschlichen Zellen waren ihm die Verschiedenartigkeit der Reaktionen auf die Infektion aufgefallen, was seine Vermutung bestätigte, dass es zwei Virentypen gab. Sie arbeiteten die Hypothese zusammen aus und isolierten die Viren einer großen Patientengruppe systematisch. Die eine HIV-Variante richtete die Kranken schneller zugrunde als die andere. Das war bisher noch niemandem aufgefallen, er war der Erste.

Der Champagner wurde aus den Laborkühlschränken geholt, tagelang herrschte Jubelstimmung. Diese Entdeckung wurde zum Thema seiner Doktorarbeit, Edward veröffentlichte vier Artikel darüber in *Science* und *The Lancet* und machte einen Riesensprung in der Hierarchie. Vom unbedeutenden Nachwuchswissenschaftler avancierte er zu Wigboldus' Zauberlehrling.

Seine Eingebung war aus einem Moment von Offenheit, einem seltenen Moment der Erleuchtung hervorgegangen – für gewöhnlich tastete er sich voran wie ein Taucher im trüben Wasser.

Nur selten dachte er über die Wendung nach, die sein Leben genommen hatte. Er war keine fleißige *lab rat* mehr, sondern ein angesehener Mann, ein bekanntes Gesicht. Und das alles dank eines winzig kleinen, nur im Elektronenmikroskop sichtbaren Mikroorganismus aus Eiweiß und Nukleinsäure. Die ganze Welt sprach darüber, und er war einer der wenigen, die ihn je wirklich gesehen hatten.

In ihren Veröffentlichungen wurde Wigboldus meistens noch als Hauptautor aufgeführt, selbst wenn die Forschungsarbeiten auf Edwards Konto gingen, doch das ließ dieser stillschweigend zu; zwischen ihnen hatte sich eine Form von Mutualismus entwickelt, den er nicht gefährden wollte, indem er die beleidigte Leberwurst spielte.

Auf einem Kongress in Berlin bemerkte Edward zum ersten Mal eine gewisse Resignation. Das war 1993, als es immer noch keine Aussicht auf eine »Magic Bullet« gab, eine Therapie, die das Virus aufhalten konnte. Zehnjährige Forschungsarbeiten hatten geringfügige Verbesserungen gebracht, aber trotzdem verlief die Krankheit in den meisten Fällen noch tödlich. Erst drei Jahre später, mit der Einführung der Kombinationstherapie, wurde HIV still und leise zu einer chronischen Erkrankung.

Manchmal dachte er mit Wehmut an die erste Zeit der Aidsforschung zurück. Er hatte den Eindruck, die Kreativität und die Getriebenheit von damals seien verschwunden. Nicht bloß bei ihm, sondern auf dem gesamten Forschungsgebiet.

Damals irgendwann, mitten in diesem Trubel, starb seine Mutter. Erst die Trauer seines Vaters brachte auch ihn zum Weinen. Am Tag nach der Beerdigung war er schon wieder bei der Arbeit.

Dass sie ihm fehlte, bemerkte er schubweise, wenn er sich der Leere am Rand seines Lebens bewusst wurde. Der Fragen, die er nicht mehr stellen konnte. Des beruhigenden Gefühls, wenn sie ihm die Hand in den Nacken gelegt hatte. Ihres warmen Stolzes, in dem er sich immer hatte sonnen können, ganz egal, was er getan hatte. Manchmal ertappte er sich bei dem Gedanken: Komm zurück, Mutter, du bist jetzt lang genug weggewesen.

Herman Wigboldus war der Erste, der offen einräumte, dass die Magie der Anfänge verflogen war. Sie saßen in einem japanischen Restaurant, bekamen Sashimi unter einer Eishaube serviert. Wigboldus klopfte ein Loch hinein und vergrößerte es mit den Stäbchen. »Ganz was Besonderes, das hier«, murmelte er.

Dann schlang er das Essen hastig, wie ein Eroberer, hinunter.

Ohne aufzusehen erzählte er, dass er sich überlege aufzuhören. Aids sei zu einem pharmazeutischen Problem geworden, es gebe keine Berechtigung mehr für weitere Grundlagenforschung. Ihm liege das Angebot einer börsennotierten Biotech-Firma vor, Impfstoffe zu entwickeln, und es sei ein guter Moment für einen Wechsel.

Der Lockruf des Geldes, dachte Edward. Darauf war Wigboldus immer schon scharf gewesen, und jetzt, mit knapp fünfzig, wollte er noch mal richtig abkassieren. Edward war klar, dass dieses Bekenntnis auch ihn anspornen sollte, nicht an der Uni hängenzubleiben, wo sie das Beste schon hinter sich hatten.

Seine Zukunft kam auf Vogelschwingen zu ihm. 1997 erkrankten in Hongkong achtzehn Menschen am Vogelgrippevirus vom Typ H5N1. Sechs von ihnen starben. Ein Drittel. Die Spanische Grippe hatte nur etwas über zwei Prozent der Kranken hinweggerafft. Jetzt war die ganze Welt in Alarmbereitschaft, denn zum ersten Mal war die Vogelgrippe direkt und ohne einen bislang als notwendig erachteten Zwischenwirt, das Schwein, auf den Menschen übergegangen. Eine Katastrophe schien sich anzubahnen, es war nicht vorherzusagen, ob sechs oder sechzig Millionen Menschen der Seuche zum Opfer fallen würden. In und um Hongkong wurden zwei Millionen Vögel gekeult.

So fing es an. Veränderung lag in der Luft.

Edward vereinbarte einen Termin mit Jaap Gerson, dem Direktor des Zentrums für die Bekämpfung von Infektionskrankheiten in Bilthoven. Unterwegs zum Hotel-Restaurant an der A1 dachte er an Wigboldus' Worte: »Die Luft ist raus, die Originalität ist weg. Wir müssen uns neu erfinden, Ed, uns was Neues ausdenken. Opportunistisch sein. Das ist keine Schande, Opportunismus ist etwas Gutes.«

Noch bevor die Kroketten mit Brot serviert wurden, sagte Jaap Gerson: »Für einen wie Sie habe ich immer einen Platz.«

»Erinnern Sie sich noch an die große Demo in Den Haag?«, fragte Edward. »Als ich sie mir auf dem Fernseher in der Kantine angesehen habe, sind Sie zu mir gekommen und haben etwas gesagt, das mir seither nicht mehr aus dem Kopf gegangen ist: Dass nicht Atomwaffen, sondern Viren unser Untergang sein werden, oder so ähnlich.«

Gerson nickte. »Kann gut sein, dass ich das gesagt habe, ja.«

Fast ein Jahr lang pendelte Edward zwischen Amsterdam und Bilthoven hin und her. Dann zog er nach Utrecht, in ein Haus mit Garten am Rand des Wilhelminaparks, das er nur sparsam möblierte und wo er manchmal abends beim Heimkommen das Gefühl hatte, bloß zu Besuch zu sein. Voll Neid beobachtete er die Leben der anderen, ihre komfortablen Wohnungen und ihre Partnerschaften, die Kinder, die sie bekamen. Von diesem Moment an bildeten sie geschlossene Einheiten, auf sich gestellt und von der Welt abgewandt. Sie tauchten für lange Zeit ab. Manche sah man nie mehr wieder.

Im Jahr 1999 übertrug man Edward die Leitung des Laboratoriums für Zoonosen und Umweltmikrobiologie und bot ihm eine Stiftungsprofessur an, weswegen er einmal in der Woche an der Utrechter Universität eine Vorlesung über *The microbiological drivers for zoonosis emergence* hielt.

Auf seiner Visitenkarte stand Prof. Dr. Edward Landauer, doch sein Leben war immer noch das eines wirbelnden Blatts. Genauso gut hätte er sich in Frankfurt oder Singapur aufhalten können. Es gab Frauen, Begegnungen im Halbdunkel, ausschlaggebende Sätze in der Kneipentür: »Wir haben drei Möglichkeiten: zu dir, zu mir oder wir gehen getrennt nach Hause. Du hast die Wahl zwischen den ersten beiden.«

Er beherrschte das Spiel, fand jedoch, er eigne sich nicht mehr für dieses ewige Studentenleben. Wie er es ändern sollte, wusste er allerdings nicht.

Was ihm fehlte, wurde ihm an dem Tag bewusst, als er auf einer Terrasse saß, Kaffee trank und ein Mädchen vorbeiradeln sah. Lange nachdem die Menschenmenge sie verschluckt hatte und der Stachel des Verlangens abgeklungen war, empfand er etwas ganz Neues, das deutliche

Fehlen eines Menschen, den er noch gar nicht kannte, lange nach der Epoche der stürmischen Verliebtheit und den kritischen Ehejahren, als wäre er hochbetagt und würde zurückblicken auf eine abrupt beendete Paarbeziehung, und er bekam eine Ahnung von seiner Liebesfähigkeit. Diesen Moment würde er nie vergessen. Wie die DNA der Mikroorganismen, die man ihm aus aller Welt zuschickte, trug auch das Bild des Mädchens auf dem Fahrrad bereits alles in sich, war aber trotzdem unermesslich leicht, eine glänzende Luftblase, die still und leise durch die Zeit schwebte und die er immer und überall aufrufen konnte.

Als sich die Gelegenheit ergab, nahm er Ruth zu einem Kongress in Aspen, Colorado mit. Am Flughafen hielt der Fahrer, der sie erwartete, ein Schild hoch. Mr. und Mrs. Landauer. Kurze Zeit später stand Ruth im Hotelzimmer am Fenster und blickte auf das stille, weiße Gebirge. Edward lag mit unter dem Kopf verschränkten Armen auf dem Bett, zufrieden wie ein Gangster, der seinen Schatz mit Geldscheinen überschüttet hat.

Sie drehte sich zu ihm um. »Wer bezahlt das alles?«

»GlaxoSmithKline.«

Sie sah wieder hinaus. »Davon macht man sich keine Vorstellung«, sagte sie mit dem Rücken zu ihm. »Nicht die geringste.«

Am nächsten Morgen besuchte er Vorträge und begrüßte alte Bekannte. Die Sprecher erschienen im Skianzug. Der letzte hatte die Skibrille schon auf der Stirn und begann mit den Worten: »Meine Damen und Herren, ich fasse mich kurz, Sie wollen sicher alle so schnell wie möglich auf die Piste…« Vielstimmiges Gelächter.

Edward und Ruth aßen Waffeln mit Ahornsirup, Blaubeeren und pochierte Eier zum Brunch und nahmen erst am frühen Nachmittag den Lift nach oben. Keiner von beiden konnte besonders gut Ski fahren. Er hatte Gelenkschmerzen. Nach einigen Abfahrten legte Ruth im Skilift den Kopf an seine Schulter und sagte, eine solche phantastische Aussicht habe sie sich nicht vorstellen können, als sie als Kind in Bozum wohnte, wo sie am Horizont manchmal Berglandschaften sah – doch das waren Wolkengebilde, die sich nach einer Weile wieder auflösten, und danach befand man sich einfach wieder in der mit Kirchtürmen besprenkelten grünen Weite.

Am Nachmittag erzählte sie auf der Terrasse, von der sie ins Tal blickten, die Bauern hätten sich schon damals angewöhnt, ihre Kühe so lange wie möglich im Stall zu behalten, sogar im Frühling und im Sommer – nur wenige hätten ihr Vieh noch auf die Weide gelassen. Es sei ihnen einfach vollkommen egal gewesen. Der entscheidende Moment, Vegetarierin zu werden, sei aber erst gekommen, als sie bei einer Freundin übernachtete und hörte, wie die Schweine im Dunkeln vom Hof abgeholt wurden. Ihr Quieken, als sie in den Lastwagen verladen wurden, sei so unbeschreiblich grausam gewesen, dass sich in dieser Nacht ein tiefes Bewusstsein vom Leid anderer Kreaturen in ihre Seele gekerbt habe. Tiere, die derart schrien, wüssten alles. Sie seien sich ihres Schicksals irgendwie bewusst und empfänden eine Angst, für die es keine Besänftigung gebe. Das habe sie ohne Worte begriffen. In jener Nacht sei die Grenze zwischen ihr und allen anderen Lebensformen auf dieser Erde niedergerissen worden, und danach gebe es kein Zurück mehr.

Da war keinerlei Distanz zwischen dem traurigen Mädchen von damals und der Frau, die ihm im Schnee von ihrem Erlebnis erzählte.

Edward hatte diese Geschichte in ähnlicher Form, mal länger und mal kürzer, schon oft gehört, doch er nahm ihr die Wiederholung nicht übel. Er gab sich Mühe, sich in das Seelenleben der damals Neunjährigen einzufühlen, und dachte aber trotzdem manchmal bedauernd an die von seinem Speiseplan verschwundenen Gerichte zurück, Scaloppine al limone und Lammkoteletts mit einer Brot-Parmesan-Kruste, Rezepte, mit denen er seinen Gästen imponiert hatte.

Vor gut zwei Jahren, kurz nach ihrem Kennenlernen, hatte er ein paar vegetarische Kochbücher gekauft und zu Hause ihre Speisegesetze angenommen; bei Fleisch war sie streng, Meeresfrüchte aß sie gelegentlich. Der positive Nebeneffekt für ihn war, dass er in den ersten sechs Monaten mit ihr mühelos sechs Kilo abnahm. Die Hoffnung, noch mehr Gewicht zu verlieren, blieb jedoch vergeblich, unter hundertzehn Kilo kam er nicht, was selbst für einen Mann seiner Körpergröße immer noch fast zwanzig zu viel waren.

Ruth hatte am Anfang ihrer Studienzeit in der Gemeinschaftsküche eines besetzten Hauses makrobiotisch gekocht, war mangels Begabung jedoch bald in die Bedienung verbannt worden. Gelegentlich kamen ihre Aktivistenfreunde von damals zu ihnen zum Essen. Deren Vegetarismus empfand Edward als karg und nörgelig, Ruths dagegen als unverfälscht und großmütig.

Um fünf Uhr nachmittags waren sie wieder im Tal. Ruth ging ins Hotel, er hatte noch Verpflichtungen. Eine Postersession im Kongresszentrum. Mit Schnee an den Schuhen und einem Gin Tonic in der Hand schoben sich die Forscher an den Postern vorbei. Zwei junge Postdocs aus seinem Institut, die besten ihres Jahrgangs, waren am Abend zuvor in Aspen angekommen. Das Mädchen war leider nicht sehr hübsch, gutes Aussehen wäre hier durchaus von Vorteil. Vor langer Zeit, als er noch Doktorand gewesen war, hatte er mit einer Hockeyspielerin aus Laren neben einem Poster des Amsterdamer Forschungsinstituts gestanden – geschmeichelt, pro forma allerdings eingeschnappt, hatte sie ihm erzählt: »Innerhalb von zwei Stunden habe ich drei Forschungsstellen angeboten bekommen!«

Abends ging er mit den Postdocs vom Kongresszentrum zurück ins Hotel, die Session war gut gelaufen, ein Pharmaunternehmen hatte sich für ihre Methode interessiert, Viren gezielt mutieren zu lassen, und auch die neutralisierenden Antikörper, mit denen man eine ganze Virenpopulation mit einem Schlag ausmerzen konnte, hatten Aufmerksamkeit erregt. Das war das einzige Gebiet, auf dem Edward noch selbst forschte. Das Virus, mit dem er sich gerade befasste, stammte aus der intensiven Viehzucht – es war hier und da ausgebrochen, hatte allerdings keinen größeren Schaden angerichtet. Ein paar Menschen waren gestorben, Tiere wurden gekeult – die WHO und die Food and Agriculture Organization arbeiteten rasch und effizient. Diese Forschung rief Erinnerungen an seine Amsterdamer Zeit wach, zu seinem Bedauern erreichte sie jedoch nie dieselbe Dringlichkeit. Vielleicht war er aber auch einfach nicht mehr zu solchen Gefühlen in der Lage, weil sein Herz schwelend verbrannte und langsam erlosch.

Die Postdocs und er waren schon bei ihrem zweiten Drink, als Ruth die Hotelbar betrat. Sie trug einen Norwegerpullover und eine glänzende weiße Hose. Er hatte, dachte er, immer noch nicht das Gefühl, sie zu besitzen. Als hätte er sie nicht erobert, sondern gestohlen. Ihr war etwas eigen, das seine Gier weckte und ihn erregte. Manchen Frauen blieb es erhalten, dieses Frische und Gesunde. Mit zunehmendem Alter hellte sich ihr Haar einfach ein paar Nuancen auf und sie wurde graublond, wie Linda Evans in *Dynasty*. Da fiel ihm ein, niemand in diesem Grüppchen würde Linda Evans kennen. In ihrer Jugend hatte es andere Berühmtheiten gegeben.

»Du musst einen Skikurs machen«, sagte der junge Mann zu Ruth, »dann lernst du es schnell.«

»Hundertpro«, fügte das Mädchen hinzu.

Edward sah Ruth nicht gern in der Gesellschaft von Gleichaltrigen, dann trat zutage, was geschehen war, seit sie ein Paar waren: Nicht sie machte ihn jünger, sondern er sie älter. Zusammen mit Gleichaltrigen nahm sie ihr wahres Alter wieder an, leicht und sprühend, während er leise in seinen Bart murmelnd auf seiner Insel in der fernen Zukunft zurückblieb.

Edward Landauer dachte nur selten an seine Jugend, aber an die Streifzüge, die er als Junge in der Umgebung seines Heimatdorfs gemacht hatte, konnte er sich noch deutlich erinnern. Er war an baumbestandenen Wällen entlanggestreunt und über Heidefelder zigeunert, über das Schießgelände des Verteidigungsministeriums und durch die ausgedehnten Wälder dahinter. Eine in seiner Erinnerung leere Landschaft, als hätte es keine anderen Menschen gegeben, eine Welt, die sich später als verschwunden herausstellte – ein lautlos am Horizont gesunkenes Schiff.

Gelegentlich hatte er Kadaverbehälter aus Beton entdeckt und sie mit einer ihm selbst unbegreiflichen Spannung geöffnet. Die Metallklappe hatte ein Gegengewicht und blieb senkrecht stehen, wenn sie einmal offen war. Dann sah er Kälber, Schafe und Schweine, manchmal noch mit der Fruchtblase bedeckt, und ganz selten auch ein Fohlen – eine Arche Noah des Todes; er versank in der pelagischen Leere ihrer sanften Augen. Maden krochen aus dem Maul und After der Tiere. Mit einem genüsslichen Schaudern inspizierte er die Schwellungen und Verwachsungen, aber manchmal war das Jungvieh auch noch schön und unversehrt und die Todesursache war ihm nicht anzusehen. Etwas in ihrem Innern hatte diese perfekten Tiere getötet. Ein Konstruktionsfehler.

Wenn ein hochpathogenes Virus in den Ställen der Viehindustrie grassierte, dachte er manchmal an die Kadaverbehälter von früher zurück – zum Beispiel, wenn er der Lebensmittelbehörde auf Sondersitzungen empfahl, das Vieh zu keulen. Fünfunddreißig Millionen Hühner auf zehn Quadratkilometern konnten innerhalb weniger Tage vom Erdboden verschwinden. Diese Zahlen überstiegen sein Vorstellungsvermögen. Ein Stall voller Küken, ein wogendes Meer wimmelnden Lebens – wo der Landwirt hindurchging, teilte es sich. In virenfreien Ställen hatte Edward gesehen, wie die Bauern sich kranke und schwache Junghühner herauspickten und sie dicht hinter dem Kopf totkniffen. Das Schlagen des kleinen Schädels gegen den Holzschuh war eine reine Sicherheitsmaßnahme. Sie warfen sie in Eimer voller anderer toter Küken. Ihr Arm hatte diese Bewegung unzählige Male ausgeführt, sie trafen fast immer. Bei größeren Hühnern zogen die Bauern auf ihrem Weg durch den Stall einen Schubkarren hinter sich her.

Um das Geflügel vergoss niemand eine Träne. Bei größeren Tieren sah das anders aus. Die apokalyptischen Bilder von Männern in weißen Overalls, die tote Schweine und Kühe mit Greifern in Lastwagen luden, hatten sich vielen Menschen auf die Netzhaut gebrannt.

Bei Vogelgrippeausbrüchen wurden alle Hühner vergast und die Mastanlagen anschließend von genauso schlecht bezahlten wie schlecht informierten Studenten oder Asylbewerbern geräumt. Die Lastwagen von Rendac lösten die Kadaverbehälter ab. Der Tod war genauso still und leise aus der Landschaft verschwunden wie die lebenden Tiere – die verbrachten ihr Leben heute in immer größerer Anzahl in immer umfangreicheren Stallanlagen, wo sie innerhalb kurzer Zeit ein erstaunliches Wachstum durchmachen mussten.

Manchmal, wenn Edward nicht umhinkam, mit Ruth darüber zu sprechen, suchte er Zuflucht bei den Fakten. Die meisten Epidemien, sagte er, brächen in Asien aus, weil Mensch und Tier dort auf so engem Raum lebten. Auf den Märkten gebe es haufenweise Enten und Hühner. Die Kette lasse sich leicht zurückverfolgen. Die Enten, oft Träger von Viren wilder Artgenossen, würden diese auf die Hühner übertragen. Die Märkte seien gut besucht, kein Wunder, dass die Vogelgrippe dort erstmals auf den Menschen übergesprungen sei. Das, zusammen mit der Urbanisierung und weltweit einer Milliarde grenzüberschreitender Reisen im Jahr, da wisse man doch, weshalb innerhalb weniger Tage eine Pandemie ausbrechen könne. Darum müssten Hühner unter strenger Abschirmung gezüchtet werden. Jeder Schritt ins Freie sei riskant. Für die Hühner und die Menschen. Du darfst nicht vergessen, fuhr er fort, die Spanische Grippe hat rund zwei Prozent der damaligen Weltbevölkerung ausgelöscht – was für uns heute auf etwa drei bis vier Beerdigungen im Monat hinausliefe.

Sie leistete eiserne Gegenwehr. Wenn die Welt schon so sei, erwiderte sie, dann sei das jedenfalls nicht in Ordnung. Der Kapitalismus und die Globalisierung hätten ihr dieses hässliche Antlitz verliehen, und es raube ihr manchmal den Schlaf, dass er den Interessen der Industrie diene.

Er sagte, was er da sehe, gefalle ihm auch nicht, das sei weder schön noch gut, doch für Ästhetik oder Moral sei er nicht zuständig, er bekämpfe nur die Krankheiten, die aus der Welt, wie sie nun mal war, hervorgegangen seien, um Schlimmerem vorzubeugen, weiter nichts.

»Und was ist mit dem Leid der Tiere?«

Ihre Frage war von einer umwerfenden Naivität.

»Menschen sind auch Tiere.«

»Leid ist schlecht. Man sollte nichts tun, was das Leid in der Welt vermehrt.«

Er versuchte noch rasch abzuschätzen, ob ein Streit in der Luft lag, als sie schon fragte: »Weißt du überhaupt, was Leid ist? Echtes Leid? Das glaube ich kaum, sonst könntest du nicht durch solche Mastanlagen gehen, ohne etwas zu fühlen.«

»Dann muss man also das Leid der Hühner erfahren haben, um es nachzuempfinden … Und worin besteht das Hühnerleid deiner Meinung nach?«

»Angst und Verwirrung«, entgegnete sie sofort.

Seine Frage war höhnisch gemeint gewesen, obwohl sie nicht so klang, doch wenn er es sich recht überlegte, gab ihre Antwort den Zustand der Küken und Hühner in den ihm bekannten Anlagen tatsächlich ziemlich genau wieder.

Es hatte Vorzeichen gegeben. Als er die Eintragungen im Laborbuch las, sagte Marjolein van Unen, eine Chemielaborantin, die er ganz anziehend fand: »Bald sind Ihre Arme dafür zu kurz.« Sie zog ihren Laborkittel aus, wenn er den Raum betrat, und trug darunter tief ausgeschnittene T-Shirts. Der Prophezeiung seines Schwiegervaters wegen hatte er sich geweigert, zum Optiker zu gehen – er war jetzt fünfundvierzig, dessen Vorhersage war aufs Jahr genau eingetreten. Ruth fand es Blödsinn, dass er die Schrift auf seinem Handy und seinem Laptop immer größer stellte, und suchte eine ovale Brille für ihn aus, dasselbe Modell, das auch schon Schubert und Mörike getragen hatten. Die Buchstaben sprangen ihm förmlich vom Papier entgegen, er verstand nicht, warum er sich so lange mit dem Schleier über den Wörtern zufriedengegeben hatte.

Manchmal, wenn er den Frettchen mit einem Wattestab Virenmaterial in den Rachen tupfte, dachte er an Ruths Frage: *Weißt du überhaupt, was Leid ist?* Woher sollte er wissen, ob seine Rezeptoren dafür empfänglich waren oder nicht? Leid war keine objektivierbare Größe. Es war nicht messbar. Genau genommen ein unbegreifliches wissenschaftliches Versäumnis. Während der Mittagspause sah er sich unter allen Epidemiologen, Immunologen und Virologen in der Institutskantine um – er war ein Realist unter Realisten, und sie alle standen im Dienst des Status quo. Ob die anderen wussten, was Leid war? Konnten sie das eigene Leid zu dem ihrer Versuchstiere in Beziehung setzen? Er betrachtete das Tablett mit seinem Mittagessen. Ein Becher Milch und ein belegtes

Brötchen mit Krokette (zweimal Kuhleid), eine Banane (*Bananen*leid?) und ein Wurstbrötchen. Vom Schwein, dachte er. An einem Tisch sah er zwei Laborassistenten aus seiner Abteilung.

»Hallo Hester, hallo Marjolein. Darf ich mein Brötchen mit Schweineleid wohl hier essen?«

»Professor Dr. Landauer«, erwiderte Marjolein.

Ihr spöttischer Unterton entging ihm nicht. Das Fehlen augenfälliger Schönheit war genau das, was ihn an ihr erregte. Sie strahlte dieselbe Verfügbarkeit aus wie die Mädchen aus seinem Heimatdorf, denen nachgesagt wurde, dass sie mit jedem hinter die Kirche verschwanden.

Zweimal pro Woche ging Edward in ein Fitnessstudio. Eine Zeitlang war er im Park gelaufen, doch er konnte die Blicke der entgegenkommenden Jogger nicht ertragen. Die Männer, die ihn einholten, erschreckten ihn mit ihrem gehässigen Schnaufen, dem Schweiß, der ihnen übers Gesicht rann. Als wollten sie ihn verdammt noch mal ausrauben.

Im Fitnesscenter sah er sich in den Fernsehern an der Decke das Programm der Privatsender an, während nichtssagender Pop aus den Boxen schallte. Eine schweigende Prozession von Fernsehköchen und Börsenanalytikern zog auf den Bildschirmen vorbei, Nachrichtensprecher mit ihrem ewigen Lächeln. Er wandte den Blick bloß ab, wenn jemand mit einem sagenhaften Körper in sein Gesichtsfeld trat: das Mädchen mit den dreiviertellangen Leggings und dem herrlichen Knackarsch, der junge Schwarze, der seine Dehnübungen mit einstudierter Lässigkeit absolvierte. Der Anblick toller Körper machte jeden positiven Gedanken an ihn selbst zunichte – klein und unbedeutend zog er an den Gewichten, am liebsten wäre er sofort wieder nach Hause gegangen.

Im Auto tröstete sich Edward mit dem Gedanken, dass er wenigstens noch am Leben war, im Gegensatz zu den narzisstischen Schwulen mit ihren durchtrainierten Körpern, die damals in Amsterdam vor seinen Augen zugrunde gegangen waren, doch er wusste, wie schwach seine Rechtfertigung war, wie schal der Trost, den er aus der Tatsache schöpfte, dass bei ihm »immerhin noch alles funktionierte«.

Das Gefühl der Abspaltung, das er früher empfunden hatte, wenn er nach Hause kam, war verschwunden. Ruth hatte sich in sein Haus eingefügt und es zu ihrem gemeinsamen Heim gemacht. Der Eingang und die Toilette im Erdgeschoss waren, wie sie sich ausdrückte, »in karibischen Farben« gestrichen, die Fensterbank im WC lag voller Muscheln, die sie an einem Nordseestrand gesammelt hatte. Daraus rieselte bergeweise Sand.

»Dass du so leben kannst!«, hatte sie ausgerufen, als sie zum ersten Mal bei ihm war. Sein Einwand, die Chaiselongue und der Stuhl aus Holz und Leder seien Designerstücke, überzeugte sie nicht.

Sie blieb eine Weile mit schief gelegtem Kopf vor dem Bücherregal stehen. »Hast du die alle gelesen?«

»Und mir den Inhalt gemerkt«, hatte er geantwortet.

Nach und nach wurde sein spärlicher Hausrat von einer Flutwelle größeren und kleineren Krams vereinnahmt, den sie herbeischleppte. Ihr Arbeitszimmer befand sich im Obergeschoss, dort schloss sie endlich ihre Diplomarbeit ab, allerdings nicht aus Inspiration, sondern aus einem Pflichtgefühl, das frühere Generationen ihr eingeimpft hatten. Bevor sie sich in dem Zimmer einrichtete, war nichts darin, kein Umzugskarton, kein durchgesessener Stuhl. Als sie sich darüber wunderte, erklärte er, er habe sich das Zimmer bei der Wohnungsbesichtigung zwar angesehen, aber seither einfach keine Verwendung dafür gehabt.

»Blaubarts Zimmer«, hatte sie erwidert, »aber leer.«

Inzwischen arbeitete sie vier Tage die Woche bei einer Stiftung, die das Finanzverhalten privater Haushalte untersuchte, und beriet das Ministerium für Arbeit und Soziales hinsichtlich der finanziellen und wirtschaftlichen Situation sozial benachteiligter Gruppen. Einmal waren beide sogar am selben Abend im Fernsehen, Ruths Thema war die stille Altersarmut und Edwards der drohende Bioterrorismus. »Typisch«, hatte sie gesagt, »du beim Privatfernsehen und ich beim öffentlich-rechtlichen.«

Die Reise nach Aspen hatte ihr die enge Verknüpfung von Forschung und Industrie vor Augen geführt, und obwohl Edward versucht hatte, ihr zu erklären, dass manche Grundlagenforschung gar nicht anders bestritten werden konnte – selbst sein Lehrstuhl würde von Danone und GlaxoSmithKline finanziert –, den Widerwillen dagegen konnte er ihr nicht austreiben. »Ich glaube dir ja, aber das darf eigentlich nicht sein. Das ist nicht in Ordnung. Da kannst du doch gar nicht objektiv sein. Was stellen die überhaupt her? Medikamente?«

»Ja, Medikamente. Alle möglichen Sachen.«

»Mir kannst du nicht weismachen, dass sie für so einen Urlaub in Amerika keine Gegenleistung erwarten.«

»In den harten Wissenschaften ist das nichts Neues. Weltfremde Forscher mit einem rein intellektuellen Interesse gibt es nicht mehr. Schon lange nicht.«

»Das ist keine Antwort.« Sie kickte ihre Schuhe weg, was unter diesen Umständen nichts Gutes verhieß.

»Wahrscheinlich spielt dabei alles Mögliche eine Rolle, aber im Grunde genommen ist es ganz einfach. Wir versuchen, Probleme zu lösen. Damit die Ärzte nicht mit leeren Händen dastehen, wenn du von einer Zecke gebissen wurdest oder ungeschützten Sex in Gambia hattest.« Er streckte die Hand nach ihr aus. »Wo wir gerade von Sex sprechen …«

»Das hier ist eine ernste Diskussion, verdammt noch mal.«

Unbemerkt war sie von Streitsucht erfasst worden und würde garantiert bis zur Unvernunft auf ihrem Standpunkt beharren.

»Was soll ich denn sagen? Dass ich ein Spielball der Industrie bin? Das bin ich nicht. Besteht diese Gefahr? Ja, sie besteht. Ich kenne Leute, die bis hart an die Grenze gehen und sie manchmal sogar überschreiten, aber das heißt noch lange nicht, dass man alle über einen Kamm scheren darf, dass …«

»Wenn ich mich nicht täusche, waren sie aber alle auf diesem Kongress. Jeder einzelne. Essen, Trinken, Skifahren, ein bisschen Netzwerken und noch mal von vorn: Essen, Trinken, Skifahren …«

»Und was willst du damit sagen?«

»Dass du auch mitmachst. Der Fahrer am Flughafen, der Begrüßungscocktail, das Hotel …«

»Vielleicht ärgert es dich ja bloß, weil es dir so gut gefallen hat?«

Ruth stand auf und ging in die Küche. Er nahm sein Glas und folgte ihr. Sie starrte aus dem Fenster in die Dunkelheit. Eine Strähne fiel ihr ins Gesicht. »Weißt du, ich war das erste Mal bei so einer Veranstaltung. Ich hatte keine Ahnung, wie verlockend das sein kann. Es war wirklich schön. Das Essen, der gute Wein, die Berge. Ich habe mich einlullen lassen. Aber jetzt ist mir klar, wie das System funktioniert.« Sie drehte sich zu ihm um. »Es war das letzte Mal, dass ich dich zu so etwas begleitet habe. Ich hoffe, du hast dafür Verständnis.«

Ihr Zorn war etwas anderem gewichen, einer Art Resignation, doch nun packte ihn die Wut. »Das ist … äh …« Er schloss die Augen, nickte. Reisen, Hotels mit Holzvertäfelung und Spiegelwänden, das alles gehörte durchaus zu seiner Vorstellung von ihrem gemeinsamen Leben. Und jetzt hatte er sich deshalb verdächtig gemacht. Sie sah, wie angespannt sein Kiefer war, wartete auf den Ausbruch, doch als er die Augen wieder öffnete, war die Wut wie aus seinem Gesicht radiert. Nachdrücklich sagte er: »Deine neomarxistischen Freunde werden bestimmt stolz auf dich sein. Aber ich bin … *not amused.*«

Das wars. Mehr sagte er nicht. Er ging ins Obergeschoss und ließ sie, eine unbefriedigte Frau, in der Küche zurück; sie schenkte sich den Rest Wein ein.

Sie hatte sicher gesehen, dass er sich zusammengerissen hatte, er wagte es nicht, sich gehen zu lassen. Er konnte sich an keinen Streit erinnern, bei dem er das getan hätte. Nein, er beherrschte sich, und das kostete ihn mehr Kraft als jede Auseinandersetzung.

Ruth würde, dachte er, wenn sie immer häufiger aneinandergerieten und der ständige Streit ihre Liebe zerstörte, mit Leichtigkeit von vorn anfangen können. Sie war erfolgreich und attraktiv und erst einunddreißig, vor ihr lagen noch mehrere Leben. Und Kinder konnte sie auch noch bekommen.

Er dagegen hatte seinen letzten Geburtstag nicht gefeiert, nicht mal Anrufe nahm er entgegen. Sie waren zusammen in dem Restaurant im Park essen gegangen. Er freute sich über ihr Geschenk, eine Omega mit einem weißen Ziffernblatt, eine tolle Uhr, obwohl sie an seinem Handgelenk ein bisschen verloren wirkte, wie Ruth meinte. Später, er hatte schon eine Menge getrunken und ein paarmal ungläubig »*sechs*undvierzig« gemurmelt, hatte sie gesagt, sie hoffe, er würde die Armbanduhr nicht falsch verstehen: Sie sollte ihn daran erinnern, wie viel Zeit noch vor ihm lag, nicht daran, wie viel bereits vergangen war.

Als Ruth gegen Mitternacht ins Bett schlüpfte, erwachte er aus einem leichten Schlaf. In der Dunkelheit lauschte jeder auf den Atem des anderen.

Friso Walta, Ruths jüngerer Bruder, ist ein Mann, den die Nataschas dieser Welt »Schätzchen« nennen, weil er das ausgezehrte Gesicht eines Erneuerers der Dichtung hat und die Manieren eines Mannes, der im Anzug geboren wurde. Sie kraulen ihm durch den blonden Bart und streichen ihm, wenn er schläft, übers Haar. Er hat in Australien Schafe gehütet und in Lima Straßenmusik gemacht, aber damit ist es jetzt vorbei. Die Frau, in die er sich verliebt hatte, war eine noch größere Egomanin als er: Sie hatte ihm einen Brief auf den Tisch gelegt und ihn mit ihrem gemeinsamen Kind in der Trabantenstadt Amsterdam-Zuidoost sitzenlassen. Hunter heißt der Junge, nach dem amerikanischen Kultautor. Gezeugt wurde er an einem Strand in Bali und geboren in einem Krankenhaus in Honfleur. Mit fast vier Jahren kann er den Namen seines Vaters kaum aussprechen, weil seine Mundmuskulatur zu schwach ist; nur selten wird man aus seinem Gebrabbel schlau. »Aa« sagt er, wenn seine Windel voll ist, »Dinke«, wenn er sein Fläschchen will. Sein Vater spielt Gitarre und singt so lange »Oh, baby, baby, it's a wild world«, bis ihm die Tränen kommen. Sein Sohn hat chronischen Durchfall, weil er zu Hause nur Trockenmilch bekommt.

Nachmittags fahren sie gewöhnlich mit der U-Bahn ins Zentrum, einmal ruft eine Surinamerin erschrocken aus: »Der Junge ist viel zu blass! Der muss an die Sonne!«

Auf dem Rokin singt Friso Lieder von Cat Stevens. Passanten werfen ihm Kleingeld in den Hut, er lächelt ergeben. Seine Stimme ist hoch und klingt leicht näselnd. Das Kind schläft in seinem Wagen.

Mit fünf Jahren kommt Hunter in die Vorschule. Die

Lehrerin meldet seinen Sprachrückstand der Jugendfürsorge, vermerkt in ihrem Bericht, er befinde sich auf der Entwicklungsstufe eines Dreijährigen. Er schiebe sich lieber über den Boden, als dass er laufe, und habe keine einzige Impfung, weil sein Vater meine, er habe »ein Recht auf Kinderkrankheiten«. Als man Friso androht, seinen Sohn bei einer Pflegefamilie unterzubringen, erklärt er sich mit Hilfe zur Erziehung einverstanden – zweimal pro Woche kommt eine Familienhelferin, beschäftigt sich mit dem Kind und macht Sprachspiele mit ihm; wenn sie da ist, erwacht Hunter manchmal aus seiner Lethargie. Am Mittwochnachmittag kommt eine andere Frau und legt Friso Grundbegriffe der Kindererziehung dar. Hunter bekommt eine gesündere Gesichtsfarbe und bildet einfache Sätze wie: »Hunter will Banane«, »Papa ist doof« und »da kommt der Seehund«. Die Sozialarbeiter berichten, weitere Unterstützung wäre zwar erforderlich, doch der Vater sei »in der Lage, die Empfehlungen zu verstehen und umzusetzen«. Der Fachverantwortliche braucht nur noch alle drei Monate vorbeizukommen, was im Endeffekt auf zwei Kontakte im Jahr hinausläuft, weil nichteingehaltene Termine schlicht entfallen, statt verlegt zu werden.

So wächst Hunter Walta heran, ein blasses, unsicheres Kind in der Obhut eines Vaters, der sich zu einer Absage an die Welt bekennt, die auf seine eigene Verwahrlosung und die seines Kindes hinausläuft.

Eines Morgens klingelte es, Ruth machte auf. »Meine schöne Schwester«, sagte der Mann in der Tür. Sie ließ ihn herein, wusste nicht, was sie sagen sollte. Er hatte ein

Kind mitgebracht, es versteckte sich hinter ihm. Sie ging in die Hocke und sagte: »Und du, kleiner Mann, du musst Hunter sein, oder?«

Am Küchentisch fragte sie Friso, weshalb er gekommen sei. »Mama hat mir deine Adresse geben.« Sie musterte den Jungen. Irgendetwas stimmte nicht mit ihm, aber sie wusste nicht genau, was. Er saugte kräftig an seinem Schnuller.

»Und der Hausherr? Wo ist der?«

»Edward arbeitet.«

»Einer muss es ja tun.« Mit dem Blick eines Einbrechers sah Friso sich um. »Schick, schick. Und mit Spielplatz um die Ecke. Fehlt bloß noch das Kind.«

Irgendwann in seiner Jugend hatte sie den Kontakt zu ihm verloren. Er hatte beschlossen, ein Fremder in ihrem Leben zu sein. Und in dem aller anderen auch.

Er wollte das Kind für eine Woche bei ihr lassen, weil er nach Montreux musste, um etwas zu regeln, sagte aber nicht, was.

Abends erzählte sie Edward: »Er war schon wieder weg, bevor ich es überhaupt kapiert habe.«

»Die Guerillataktik.«

Sie sahen den Jungen an, der auf dem Sofa unter einer Steppdecke schlief. Sein blondes Walta-Haar fiel ihm ins Gesicht, er atmete mit halboffenem Mund. »Ein süßer Junge«, sagte Ruth.

»Und was ist mit seiner Mutter?«

»Eine Französin, glaube ich. Sie hat Hunter bei Friso zurückgelassen, hat Mama erzählt. Vielleicht könnte ich ihn ja zu meinen Eltern nach Friesland bringen …«

»Was spricht dagegen?«

»Er ist doch mein Neffe, ich kenne ihn überhaupt nicht. Vielleicht kann ich mir ein paar Tage freinehmen.«

So fiel ihnen für eine Woche ein Kind in den Schoß. Die ganze Zeit über fürchtete Edward, dass Ruths Bruder nicht wieder aufkreuzte und sie mit ihm sitzen ließ. »Epp«, nannte ihn der Junge. Ein paar Mal gingen sie zum Spielplatz im Wilhelminapark. »Hoch, hoch, Epp!« Er weigerte sich, die Rutsche hinaufzusteigen, also stellte Edward ihn mit einem Schwung oben hin. Kreischend rutschte Hunter wieder hinunter. Motorisch war er viel jüngeren Kindern weit hinterher. Mit seinen pummeligen Beinchen tapste er zwischen den Spielgeräten herum, ohne Edward aus den Augen zu lassen. Meist war er kontaktarm, doch manchmal hatte er kleine Wutattacken und nahm den anderen ihre Eimer und Schaufeln weg. Diese Kinder hießen Sophie oder Olivier, sie hatten gelernt, dass Gewalt verwerflich war, und ließen sie, als Opfer der Strategie ihrer Eltern, passiv über sich ergehen. Insgeheim ermunterte Edward den Jungen, doch kurze Zeit später brachte er das Spielzeug selbst zurück.

Ruth gesellte sich zu ihnen. Sie trug einen orangefarbenen Schal um die Schultern, der Sommer wollte einfach nicht kommen. Ein grauer, regloser Himmel stand über den Baumwipfeln – vulkanisches Gestein.

Sie hatte sich noch nie vorgestellt, *Mutter* zu sein, tatsächlich lebte sie immer noch ihre lang ausgesponnenen Mädchenjahre, aber in letzter Zeit, wenn ihre Hände beschäftigt waren und ihre Gedanken umherschweiften, sah sie manchmal ein Kind vor sich. Es hatte noch kein Gesicht, bestand nur aus leichter, zarter Materie, der Essenz des Kindlichen. Tagträume, doch manchmal drängten sich diese Bilder ihrem Bewusstsein auf und bekamen mehr Gewicht, wurden zu *Gedanken*. Edward setzte sich neben sie auf die Bank, sie sah Schweißtropfen an seinem Haaransatz. Er lächelte: »Was meinst du, sollen wir uns auch so eins zulegen?«, und in diesem Moment war sie so besinnungslos in ihn verliebt, dass ihr Tränen in die Augen stiegen.

Ein weiterer Gedanke, für den sie kaum Worte hatte: Mit einem Kind würde ihre Beziehung zu diesem Einzelgänger an Bedeutung gewinnen – die Dynamik eines Dritten im Bunde. Bei der Aussicht, ohne weiteren Störenfried ein Leben lang mit Edward zusammen zu sein, wurde ihr ganz mulmig. Eiskristalle würden sie überwuchern, kleine, weiße, funkelnde Lichter in seinem Bart und auf ihrem Gesicht, um Augen und Mund, und nach und nach würden sie in einer freundlichen Pose erstarren; in erfrorenem Zustand das Ende abwarten.

Er legte ihr den Arm um die Schultern und zog sie in den Schutz seines Körpers. Hunter sah die beiden an, er wollte Edwards Aufmerksamkeit nicht verlieren, dann setzte er sich allein auf die Wippe.

Abends, der Junge schlief in dem Kinderbett, das sie ihm bei IKEA gekauft hatten, sagte Ruth unvermittelt: »Ich möchte vielleicht ein Kind, Ed.«

Er schwieg kurz. »Das hatte ich schon befürchtet.«

Sie musterte ihn, sah aber, dass seine Antwort wohlwollend und nicht zynisch gemeint war. Da stellte sie sich vor ihn, kniete sich hin wie eine Sklavin vor ihren Herrn, schob ihre Hand in seine und sagte einigermaßen feierlich: »Darf ich fragen, was deine weiteren Gedanken in dieser Angelegenheit sind?«

Er deutete mit dem Kopf nach oben, wo Hunter schlief. »Meinst du, wegen ihm?«

Sie zuckte die Achseln.

»Ich finde«, sagte er dann, »wir sollten es einfach tun … Unser ganzes Leben wird sich von Grund auf ändern, aber … Ich meine, die ganze Welt bekommt Kinder, warum sollten wir das also nicht können?« Und kurze Zeit später: »Was soll es werden, ein Junge oder ein Mädchen?«

Als er sich nachschenkte, dachte er an die Auswirkungen des Alkohols auf die Qualität seines Spermas. Und an sein nachlassendes sexuelles Verlangen in letzter Zeit, das er dem Trinken zuschrieb.

Im Frühjahr 2005 heiraten sie in Saint-Valéry-sur-Somme. Vormittags hat es leicht geregnet, doch die Wolken sind übers Meer weggetrieben. Die Kapelle liegt in den Feldern oberhalb des Dorfes, eine kleine Hochzeitsgesellschaft hat sich auf den Holzbänken versammelt. Von den wichtigen Menschen fehlen bloß Friso und Hunter. Ruth hatte ihren Bruder am Abend zuvor ein paarmal angerufen, doch er nahm nicht ab.

»Vielleicht kommt er noch im letzten Moment«, sagt sie. »Hallo, da bin ich …«

Edward legt ihr die Hand an die Wange und streichelt den traurigen Zug um ihren Mund weg.

Der Priester ist ein eiskalter Asket. Er steht neben dem Grabmal eines mittelalterlichen Einsiedlers namens Walarich, der hier als Saint Valéry verehrt wird. Ein Heiliger, an seinem Grab geschehen Wunder. Förmlich und resolut spricht der Priester den Segen über ihre Ehe.

Die Sonne hat ihren höchsten Stand erreicht. Reiskörner glitzern im Licht. »Ich hab kein Wort verstanden, aber große Klasse wars«, sagt Edwards Schwiegervater. Sie trinken Champagner und spazieren zur *source de la fidélité*, die aus dem Hügel unterhalb der Kirche entspringt – eine dunkle Quelle hinter einem schmiedeeisernen Gittertor. Den Schlüssel hat der Priester, aber der ist in seinen Peugeot gestiegen und auf dem schmalen Feldweg verschwunden. Edward und Ruth posieren vor dem gemeißelten Wort FIDES in der Steinmauer über dem Tor, werfen durch die Gitterstäbe Münzen ins schwarze Wasser und küssen sich wieder. Alle jubeln und klatschen.

Beschwipst und glücklich kehren sie über die Weiden zurück ins Dorf. Die Flussmündung an der Bucht liegt trocken, Schlick glitzert im Licht.

Auf der Toilette im Restaurant an der Anlegestelle wirft Edward einen flüchtigen Blick in den Spiegel. Mit seinem von grauen Strähnen durchzogenen Bart und dem schneeweißen Hemd, die beiden obersten Knöpfe geöffnet, sieht er aus wie ein griechischer Sänger.

Auf den Tischen reihen sich Silberschalen mit Meeresfrüchten auf Eis, der reine Luxus. Er sieht seine Ehefrau von der Seite an, wie sie eine Krabbenzange knackt und auspult. Aber nur ausnahmsweise, erklärt sie – sie wisse einfach nicht, wie man »aus nachhaltigem Fischfang« auf Französisch sagt. Er wünschte, seine Mutter hätte sein Glück miterleben können. Edward schräg gegenüber sitzt sein Vater mit seiner wilden weißen Mähne, die neue Freundin neben ihm. Kann er je wieder so glücklich werden, wie er es mit meiner Mutter war, fragt sich Edward. Kann jeder wirklich bloß ein Mal lieben, wie er gelesen hat, oder bekommt man eine zweite Chance? Ist das Leben so großzügig? Er lässt den süßen Schmerz des Gedankens an ein Leben ohne Ruth zu und kann sich nicht vorstellen, dass sein Becher je wieder so voll sein wird.

Er trinkt kühlen, hellgrünen Wein, Ruth flüstert ihm ins Ohr, dass sie ihn liebt und dass sie nachher, wenn sie allein sind …

Dort lassen wir sie zurück, inmitten ihres Glücks, an der Mündung eines zweihundertfünfzig Kilometer landeinwärts entspringenden Flusses.

Weil Ruth partout nicht schwanger wurde, ließen sie einen Fruchtbarkeitstest machen. Edward musste in einem kleinen Kabuff im Krankenhaus masturbieren, wo zerlesene Sexheftchen lagen und ein Film ohne Ton aus der Urzeit der Pornographie lief. Er schloss die Augen und dachte an Marjolein van Unen – wie sie die Druckknöpfe ihres Laborkittels einen nach dem anderen öffnet.

Ihre Brüste, ihre vor Jugendlichkeit strahlende Haut. Sie lehnt sich auf ihrem Hocker zurück und lässt ihn mit dem Rücken am Säureschrank in sie eindringen ...

Die Empfangsdame schrieb seine Daten auf einen Sticker und klebte ihn aufs Reagenzglas, damit sein Sperma nicht mit dem des Nordafrikaners, der ausdruckslos wie Obst neben ihm saß, verwechselt wurde. Kurze Zeit später fuhren die beiden Männer auf dem Parkplatz im Schritttempo aneinander vorbei, der Nordafrikaner in einem verwitterten Fiat und er in seinem Volkswagen Tuareg. Sein Sperma mochte so schlecht sein wie das des Immigranten – sein Auto war jedenfalls deutlich besser.

Einige Wochen später erklärte der Gynäkologe, bloß fünfunddreißig Prozent seiner Spermien seien lebensfähig, »ungefähr so viel wie bei einem Lkw-Fahrer«. An der Pinnwand hinter dem Mann prangten Geburtsanzeigen. Freude, Freude. Der Arzt erzählte von seiner Forschung über besonders zeugungsfähige Männer. »Wenn man wissen will, warum Porsches so gut sind, muss man sich Porsches ansehen und keine Trabbis.«

Sie verließen das Sprechzimmer, nachdem der Arzt sie informiert hatte, welche Zukunft ihnen wahrscheinlich bevorstand: ein Weg, auf dem sie mit zunehmender Verzweiflung an die Wunder der modernen Fortpflanzungstechnik herangeführt würden. Intrauterine Insemination, In-vitro-Fertilisation und, falls das alles nichts brachte, die ICSI, die Intrazytoplasmatische Spermieninjektion, bei der die überlebensfähigsten Samenzellen aus dem toten Material herausgefischt und ins Zytoplasma der Eizelle injiziert wurden. Anschließend übertrug man zwei befruchtete Eizellen in die Gebärmutter, was die überdurchschnittlich hohe Anzahl von Zwillingsgeburten bei dieser Behandlungsmethode erklärte. In der Parkgarage strich Ruth mit dem Zeigefinger über seinen Schritt. »Ein *Trabbi*, Schatz?«

Pflichterfüllung schlich sich in ihr Sexleben. Unbehaglich schliefen sie miteinander, Ruth führte Buch über den richtigen Zeitpunkt. Edward versagte sich unter der Woche sein abendliches Glas Wein und bekam davon manchmal derart schlechte Laune, dass sie genervt rief: »Mach doch in Gottes Namen eine Flasche auf.«

Abends, wenn sie im Bad vor dem Spiegel standen, sah Edward eine junge Frau und einen alten Mann vor sich. Mit Fünfzig hat jeder das Gesicht, das er verdient, sagte Orwell einmal, aber nach Edwards Überzeugung war es bei ihm schon mit knapp achtundvierzig so weit. An manchen Tagen legte er sein Schlafgesicht gar nicht mehr ab.

Er stellte fest, dass Ruth und er unbemerkt in eine tragische Altersdynamik geraten waren. Sie hatte sich an sein Alter angepasst statt an seinen Charakter. Ja, genau so war es: Er machte sie älter und wurde dadurch selbst noch älter, als er ohnehin war. Er hütete sich davor, sich in ihrem Beisein nackt vornüberzubeugen, weil sein Bauch und seine Brust dann in unförmigen Falten hinabhingen, als wollten sie sich von den Knochen lösen; stattdessen ging er in die Knie, wenn er den Zahnpastaverschluss aufheben wollte. Das alles möglichst ohne zu stöhnen.

Vielleicht, dachte er, war das ja sein Schmerz, das, was Buddha als eine der Hauptwurzeln allen Leidens bezeichnet hatte: das deutliche Bewusstsein des eigenen Alterungsprozesses. Mit einer gleichaltrigen Frau wäre das nicht so gewesen, nahm er an, sie wären beide in Würde gealtert und hätten die Augen dezent vor dem Verfall des anderen geschlossen.

Ruth und er würden nicht gemeinsam alt werden. Er war bereits alt und würde, falls die Demographie nicht von ihren allgemeingültigen Gesetzen abwich, nicht lange genug leben, um sie wirklich alt werden zu sehen. Was hätte er nicht darum gegeben, zum allerersten Anfang zurückzukehren, als ihn all diese Fragen noch nicht so quälten wie jetzt. Sein Triumph, als er sie erobert hatte! Doch jetzt, sechs Jahre später, wusste er, dass dieser Sieg nicht eingefordert werden konnte. Was als Sieg begonnen hatte, war zu einem ungleichen Kampf geworden.

Jeden Morgen schluckte er eine Handvoll Pillen, deren Wirksamkeit nicht oder kaum erwiesen war. Er schämte sich ein wenig für seinen irrationalen Glauben, dass Algen, Ginseng und Propolis ihm Jugendlichkeit und Kraft schenken konnten, aber die Erinnerung an Herman Wigboldus, der sich die Füße auf dem Rasen vor seinem Haus abtrat, relativierte dieses Gefühl.

In keiner anderen Hinsicht konnte er den Vergleich mit seinem ehemaligen Lehrmeister bestehen, genauso wenig wie den mit Jaap Gerson, beides dominante Persönlichkeiten, die das Glück einfach für sich in Anspruch nahmen. Wie Fallschirmjäger sanken sie auf das Leben herab und bezwangen es mit Gewalt. Mein Gott, dachte Edward, welch eine beiläufige Kraft – eine Kraft, die er, wie er wusste, imitieren konnte, aber nicht wirklich besaß.

Er konnte sie vortäuschen und Frauen damit verführen, aber auf Dauer ließen sie sich doch nicht überzeugen.

Ruth duschte ausgiebig, ein Zeichen, dass sie sich auf den Sex mit ihm vorbereitete. Er fragte sich, ob es ihm gelingen würde, die nötige Lust aufzubringen. Vielleicht, wenn er sie leckte?

Sie rieb an der beschlagenen Duschwand eine Stelle frei und drückte den Kopf dagegen. Er gab ihr einen Kuss auf die Nase. »Bin gleich da«, ihre Stimme übertönte das Wasserrauschen. Im Bett spielte er schon mal mit seinem Glied, in der stillen Hoffnung, es damit zum Leben zu erwecken.

Er wusste noch genau, wie es war, vom kleinsten Fingerzeig auf seinen Penis einen Ständer zu bekommen, im Gegensatz zu dem Ergebnis gezielter Bemühungen, das Ruth tatsächlich einmal als »halbsteif« bezeichnet hatte.

»Das Einzige, was ich euch voraus habe«, hatte er seinen Studenten einmal erklärt, »ist, dass ich weiß, wie es ist, wie ihr zu sein, während ihr keine Ahnung habt, wie es ist, so zu sein wie ich. Das ist der einzige Vorteil, ansonsten gehört euch die Welt. Wir haben die Kaufkraft, aber ihr habt ein sehr viel wertvolleres Kapital: die Zukunft, ganz egal, wie sie am Ende aussieht.«

Als Ruth kurze Zeit später neben ihn ins Bett schlüpfte und flüsterte: »Tut mir leid, Schatz, aber du musst mal wieder ran«, verfluchte er – nicht zum ersten Mal – die Tatsache, dass man sich sogar an eine so außergewöhnliche Schönheit wie ihre gewöhnte. Man gewöhnte sich an alles. Und was war Gewohnheit anderes als der erste Schritt zum Tod? Auch ihre Schönheit führte nicht automatisch zu Geilheit, ganz im Gegenteil, ein Mädchen wie Marjolein van Unen erregte ihn viel mehr als seine tausendmal besser aussehende Frau. Und mit Marjolein vor Augen – dem Finger, den er ihr in den Hintern schob – gelang es ihm, seine Aufgabe zu einem glücklichen Ende zu führen.

In der Schwangerschaft, so das Ergebnis sozialpsychologischer Forschungen der Universität Nijmegen, lag die Wahrscheinlichkeit, dass Männer fremdgingen, siebenundzwanzigmal höher als in allen anderen Phasen der Ehe. Männer beherrschten sich noch einigermaßen, solange ihre Frauen krank oder auf dem Weg der Besserung waren, und ganz allgemein gesprochen: während des langsamen, aber sicheren Verlusts von Schönheit und Lebenskraft. In der Schwangerschaft jedoch waren sie nicht zu bremsen. Die Anwandlungen gesteigerten sexuellen Verlangens ihrer aufgetriebenen Gattinnen ängstigten sie, und von ihren hervortretenden Schamlippen sowie der übermäßigen Schleimproduktion ihres Geschlechts wurde ihnen beinahe übel. Hinzu kam die deutliche und im Allgemeinen zutreffende Vorahnung der Männer, dass es mit ihrem eigenen Leben nach der Geburt des Kindes so gut wie vorbei wäre – mehr Gründe bedurfte es nicht für den Ehebruch.

Nach einem Betriebsausflug mit dem Boot durch die

Amsterdamer Grachten und über das Ij gefolgt von einem Umtrunk in der Kneipe »Hoppe« am Spui beschloss Edward, mit dem Taxi nach Utrecht zu fahren, statt den Nachtzug zu nehmen. Neben ihm auf der Rückbank saß Marjolein van Unen. Sie küssten sich, Marjolein machte seine Hose auf und holte ihm einen runter, um ein Haar wäre er gekommen. Er konnte sich gerade noch beherrschen, schob ihre Hand im letzten Moment weg und bat den Fahrer, sie am Amsterdamer Hauptbahnhof abzusetzen. Sie suchten nach einer öffentlichen Toilette. Als er einen Euro aus der Tasche kramte, dachte er: Zum Pissen ist ein Euro eine Menge, aber zum Vögeln ist es ein Schnäppchen. Er schloss die Tür der Kabine und zog Marjolein Hose und Slip aus. Sie setzte sich aufs Klo und hielt sich am Deckel fest, er öffnete seinen Hosenstall wieder und kniete sich zwischen ihre Beine. Sein erster Fick mit Marjolein van Unen, im Licht violetter Neonröhren und mit dem Gestank abgestandenen Urins in der Nase. Er kam zum Höhepunkt, als wäre es das erste Mal, und in gewisser Weise war es das ja auch. Sie lehnte an der Wand und lächelte wie eine Heilige. So war das also, dachte er, darum drehte es sich, um das Überschreiten dieser Grenze, hinter der es kein Zurück mehr gab – Marjolein van Unens Möse, das Zentrum des Universums.

Ruths Schwangerschaft verlief friedlich, wie im Traum, die Beschwerden, von denen Freundinnen ihr erzählt hatten – ständige Übelkeit und unerklärliche Schmerzen – kannte sie so gut wie nicht. Sie fühlte sich ein bisschen abwesend, aber auf angenehme Weise, als hätte sie kaum mehr Kontakt zur physischen Welt. Ihr Arbeitszimmer richtete sie als Kinderzimmer ein, sortierte dort täglich einmal die Bodys, Socken und Mützen neu, und in ihren Gesten lag eine erwartungsvolle Glut, die Ruth nicht in Worte fassen konnte. Sie verrieten niemandem, dass es ein Junge mit Namen Morris werden würde. Obwohl er noch nicht geboren war, wusste Edward bereits, wie es sich anfühlte, Teil einer Familie zu sein, dieser kleinen Verschwörung gegen die Außenwelt. Nicht nur Ruth war schwanger, sondern das ganze Haus – die Schwangerschaft strahlte bis in den Park und weit darüber hinaus. Ihre Grundsatzdiskussionen waren zu unverfänglichem Geplauder darüber verkommen, was für ein Mensch ihr Sohn sein würde und welche Eigenschaften sie gern oder ungern an ihm entdeckten. Das Leben verdichtete sich zu einem Kokon, in dem nur sie beide Platz hatten. Morgens blieb Ruth darin zurück, und er machte sich zum Institut auf, wo ihn die Konfrontation mit Marjolein van Unen erwartete, eine diskrete Geliebte zwar, aber trotzdem gab sie ihm jeden Tag aufs Neue das Gefühl, plötzlich vertrieben und Lichtjahre von der kleinen, wattierten Welt entfernt zu sein, die er gerade erst verlassen hatte. Er hatte sich selbst von dort ausgeschlossen und kämpfte gegen den Gedanken an, dass das nicht rückgängig zu machen war.

Marjolein war achtundzwanzig, wie Ruth, als er sie kennengelernt hatte. Sie wohnte in einem Zweizimmer-Apartment im Neubaugebiet Kanaleneiland. Er bat sie, die Duftkerzen zu entfernen, weil Ruths Geruchssinn durch die Schwangerschaft schärfer geworden war.

»Und ich mache das auch noch für dich.«

»Ich bin ja auch dein Chef.«

»Komm zu mir, Chef.«

Sie war klein und zierlich und sehr gelenkig. Der sexuelle Hunger dünner Frauen. Ihr Becken konnte sie unabhängig vom Rest des Körpers bewegen, und Tiberius hätte sie einen »Schließmuskelkünstler« genannt, denn sie war in der Lage, ihn mit kräftigen inneren Kontraktionen zum Orgasmus zu bringen, während sie reglos auf ihm saß. Marjolein gab sich große Mühe, sie hatte Tantrakurse besucht und Techniken gelernt, die sie mit einem unmerklichen Lächeln bei ihm anwandte. Ihm war nicht klar, was sie von ihm wollte. »Was sagt dein Freund dazu?«, fragte er einmal. Sie legte ihm den Finger auf den Mund. »Pst. Alles, worüber man spricht, manifestiert sich auch.«

Ihr Geschlecht war wohlproportioniert und haarlos, sie kannte keine Scham. Manchmal, wenn Marjolein auf Händen und Knien vor ihm hockte, schüttelte sie die Strähne, die ihr ins Gesicht hing, zur Seite, und es dauerte einen Moment, bis er begriff, was das sollte. *Sie benimmt sich, als würde sie gefilmt werden* ... Das eitle Geschenk der Pornographie.

»Hast du was zu trinken da?«, fragte er, und einen Moment später kam sie mit einer aus Griechenland mitgebrachten Flasche Metaxa zurück. Sie lagen auf dem Rücken auf ihrer Matratze, er hielt das Glas in einer Hand und legte ihr die andere zwischen die Beine, dorthin, wo es offen und feucht war. »Ich wusste das alles schon«, sagte er. »Wie du schmeckst, wie du dich anfühlst, wie du riechst – alles.«

»Wie langweilig.«

»Im Gegenteil.«

»Hast du einen Ständer bekommen, wenn du an mich gedacht hast?«

»Hunderte von Malen.«

Sie kam vom Süden des Landes, aus Veghel, ihr Vater starb, als sie sieben Jahre alt war. Einen Monat später zog ein anderer Mann bei ihnen ein. »Meine Mutter kann nicht allein sein. Bis heute nicht.«

Als sie zwölf war, verging sich dieser Mann an ihr, sie schwieg dazu, zog allerdings schon mit fünfzehn aus. »Es war schwierig«, sagte sie, aber trotzdem gelang es ihr, in den Wirren dieser Zeit den Realschulabschluss zu machen und einen Platz an der Berufsfachschule für medizinisch-technische Laborassistenten in Leeuwarden zu bekommen, so weit wie möglich von ihrem Elternhaus entfernt.

»Welcher Jahrgang bist du?«

»1958.«

Nicht im Geringsten überrascht, sagte sie: »Wie meine Mutter. Welcher Monat?«

»Mai.«

»Witzig … Dann bist du älter als sie. Bestimmt ein Stier.«

Das grelle Licht eines Spätsommernachmittags. Die gnadenlose Stunde. Junge Marokkaner rasten mit dem Roller vorbei. Zärtlich strich sie ihm ein paar lange Augenbrauenhaare wieder in Reih und Glied.

Sie hatte gerahmte Fotos von sich und einem gut gebauten jungen Mann, die Edward sich ansah. Auf einem Bild trug ihr Freund einen Neoprenanzug, auf einem anderen die Marine-Uniform. Eine Umarmung in der Abflughalle. »Er ist in Afghanistan. Wir skypen fast täglich.«

»Wenn er wiederkommt, ist er Veteran. Knapp dreißig und schon …«

»Zweiunddreißig.«

Er hieß Michel, hatte sich um sie gekümmert, als es ihr gar nicht gut ging. »Ohne ihn wäre ich nicht hier. Jedenfalls nicht so.«

Auf ihrer Toilette hing ein Poster mit dem Spruch: »If nothing ever changed, there'd be no butterflies.« Als sie ihm die Füße massierte, brach er in Tränen aus. Niemand hatte seine vernachlässigten Füße je auf diese Weise berührt.

»An deinen Füßen kommen viele Meridiane zusammen«, sagte sie. Und: »Meiner Meinung nach bist du viel sensibler, als du denkst.«

Als er nach Hause kam, wusste er nicht, ob er Dschuang Dsi war, der träumte, er sei ein Schmetterling, oder ein Schmetterling, der träumte, er sei Dschuang Dsi, doch durch den Wilhelminapark schlich in dieser Nacht ein Mann mit einer Schnellschusswaffe und Tarnstreifen im Gesicht, der sich Zugang zu seinem Haus verschaffte und das Feuer auf das Ehebett und die Babywiege daneben eröffnete.

Davon träumt er während Ruths Schwangerschaft zum ersten Mal: dass sie ihn verlässt und ihr Kind mitnimmt. Er kann sie nicht wiederfinden, ob er nun in Utrecht bleibt oder nach Amsterdam zieht. In einer anderen Version des Traums kehrt er in sein Heimatdorf zurück. Doch ganz egal, was er macht, er ist von allem völlig losgelöst. Er kann sich nach links oder nach rechts wenden, nichts hält ihn davon ab, jede beliebige Richtung einzuschlagen – bloß der Rückweg ist ihm verwehrt. Frierend, wie katatonisch steht er irgendwo in einer weißen Welt. Er versucht, sein früheres Leben wieder aufzugreifen, das, bevor er sie kennenlernte, doch dafür ist er jetzt wirklich zu alt. Er bleibt allein, lernt gelegentlich, enttäuscht und voll Abscheu, über eine Datingseite eine Frau kennen, und bricht manchmal in Gedanken an früher in Tränen aus. Das hat er also aus seinem Leben gemacht, eine sich in alle Richtungen erstreckende Einöde, und von allen Gefühlen, die er je empfand, sind bloß noch Angst und Verwirrung übrig… Tragt diesen Mann als kinderlos ein, als einen, der zeitlebens kein Glück hatte…

In dem Traum gab es seltsam praktische Elemente, fand er, die zu dem toten Raum, in dem er sich abspielte, nicht zu passen schienen. Jedenfalls erwachte er stets so unfassbar erleichtert in dem Bett, das er mit Ruth teilte, dass er jedes Mal Besserung gelobte. Schaudernd vor Einsamkeit schmiegte er sich an ihren schwangeren, schlafenden Körper. Er hatte Mist gebaut, aber er würde es noch einrenken können, noch war es nicht zu spät. Sie bräuchte nie von seinem Fehltritt zu erfahren, und er würde ihn, wenn er jetzt einen Schlussstrich unter alles setzte, was ihn hinunterzog, und die losen Fäden ordentlich vernähte, nach einer Weile vergessen. Sein Fehltritt hätte überhaupt nie stattgefunden oder würde zu so etwas wie einer Erinnerung an ein Buch, das man als Kind gelesen hat und von dem man noch die Stimmung, nicht aber die Ereignisse wachrufen kann.

Anfang Januar weckte Ruth ihn eines Morgens und erklärte ruhig: »Ich glaube, ich habe Wehen.« Um halb sieben verließen sie das Haus, er trug die Kliniktasche mit den Babysachen, den Windeln und ihrem Nachthemd. Die Straßen waren leer. Er legte ihr die Hand aufs Bein. Keine Wolken, die Vorahnung eines klaren, kalten Tages. Rauhreif glitzerte im Gras am Straßenrand. »Ich dachte zuerst, es sind einfach nur Bauchschmerzen«, sagte sie, »aber als ich gezählt habe, kamen sie so regelmäßig.«

Auf der Entbindungsstation waren bloß zwei Zimmer besetzt. Ihr Bauch wurde mit Gel bestrichen, man legte ihr einen Wehenschreiber an. Die Hebamme erklärte ihr nochmals die PDA und dass sie jederzeit eine bekommen könne. Bei einer Wehe verzog Ruth das Gesicht. »Versuchen Sie, sich zu entspannen«, sagte die Frau.

Edward hatte Ruth ein paarmal zur Geburtsvorbereitung begleitet, hatte gelernt, sie zu beruhigen und zusammen mit ihr zu atmen, doch jetzt, da es so weit war, wusste er, man erwartete nichts anderes von ihm, als dass er mit seiner Anwesenheit nicht störte.

»Bleibst du bei mir?«

Er strich ihr über die verschwitzte Stirn. »Ich bin da. Mach dir keine Sorgen.«

Eine halbe Stunde später hockte sie brüllend im Vierfüßlerstand auf dem Bett. Die Schmerzen hatten sie wieder zum Tier werden lassen. Er schämte sich ein wenig und dachte an die Schweine, die sie als Kind schreien gehört hatte.

»Nimm. Die. Hand. Da. Weg«, ächzte sie zwischen zwei Wehen. Hastig zog er die Hand von ihrem unteren Rücken zurück.

»Sehr gut«, lobte die Hebamme. »Prima machen Sie das. Ganz wunderbar.«

Manchmal ging sie weg und kam erst eine halbe Stunde später wieder. Edward blieb in einiger Entfernung des Bettes stehen und musterte seine Frau. Hier musste sie allein durch, das Leid selbst war nicht greifbar, er nahm nur die äußeren Anzeichen wahr – das Schreien, die wogende Melodie des Schmerzes.

Empathie sei der Schlüssel zum Leid der anderen, hatte Ruth einmal gesagt. Unruhig durchforstete er sein Inneres. Da war seine Frau. Sie litt. Die Schmerzen einer Amputation ohne Betäubung, wie es hieß. Ihre verzerrte Stimme ließ ihn schaudern. Er hätte sie gern getröstet, wenn sie seine Berührung ertragen hätte, doch bis zu ihrem Leiden drang er nicht durch. Sie war dort und er hier, ohnmächtig und nutzlos. Er konnte die Grenze nicht passieren. In ihrem Umfeld schien jeder das zu können, sie und ihre Freunde waren grundsätzlich mit dem Leid der ganzen Welt verbunden, säuberlich geordnet in Rubriken wie unterdrückte Frauen, politische Gefangene, Versuchstiere, Masttiere und Tibeter. Deren Leid berührte sie unmittelbar, emotional, ihr Nervensystem war mit dem der anderen verknüpft. Das Leid der anderen als Grundvoraussetzung für ein erfülltes Dasein.

Eine zweite Hebamme betrat den Raum. Der Aktivitätspegel stieg. Nervöse Dringlichkeit. »Ich will eine PDA!«, rief Ruth. »Jetzt!«

Die Hebamme versuchte sie zu beschwichtigen. »Gleich haben Sie es geschafft. Der Muttermund ist fast geöffnet.«

»Jetzt!«

»Sie dürfen gleich pressen, einen Moment müssen Sie noch durchhalten.«

Ihr Schreien ging in leises Wimmern über. Ein Kampf um Leben und Tod. Im Wochenbett gestorbene Aztekinnen wurden mit militärischen Ehren begraben.

»Mein Schatz«, sagte Edward eindringlich, »er ist fast da. Hältst du es noch ganz kurz aus?«

»Scheißescheißescheiße.«

Sie schlug nach ihm, als er sich dem Fußende des Bettes näherte, er sollte nicht sehen, was da unten geschah. Die Hebamme zwischen ihren Beinen sah zu ihm auf und nickte. »Los ... Sie können jetzt pressen!«

Dann holte die Hebamme ihr Kind heraus und es sah aus, als wolle sie ein Stück nasse Seife festhalten. Mit einer fließenden Bewegung legte sie es Ruth auf den Bauch.

»Mein Männlein«, sagte diese und lachte unter Tränen, »endlich bist du da.«

Edward küsste ihre heiße Stirn und beugte sich über seinen Sohn, ein winziges bläuliches Wesen voll Blut und Schleim. Er roch stark nach Eisen. So war das also, dachte er, dieser Triumph. Er grinste bis über beide Ohren. Die Hebamme gab ihm eine Schere, und er schnitt die zähe, gummiartige Nabelschnur durch. Morris wurde gewaschen und gewogen, und als sie Stunden später mit ihrem Kind in der Tragetasche nach Hause fuhren, fühlten sie sich so bang und gleichzeitig unbesiegbar wie ein Teenie-Paar in einem geklauten Auto.

Die ersten Tage mit einem Neugeborenen. Glück, so filigran wie zerbrechlich. Die Erinnerungen lassen sich nicht festhalten, die Euphorie kommt in rasch aufeinanderfolgenden Wellen. Auf einem Foto liegt Edward mit geschlossenen Augen und halb geöffnetem Mund auf dem Sofa. Einen Arm hat er unter den Kopf gelegt, im anderen hält er den auf seiner Brust schlafenden Morris. Für die Geburtsanzeige nehmen sie ein Foto aus dieser Serie, auf der nur der Junge zu sehen ist, sein Schädel ist mit zartem blondem Flaum bedeckt, sein Mund auf eine Weise verzogen, die als Lächeln durchgehen kann.

Es fühlt sich an, denkt Edward, als hätte sich die Stimmung freundlichen Glücks im Haus materialisiert, als könnte er sie, wenn er wollte, mit Händen greifen. Gedanken an das Leben da draußen sind kaum vorhanden. Er sehnt sich nach nichts anderem als hiernach. An Marjolein will er nicht denken. Das macht ihn nervös. Der Einsatz ist höher geworden. Jetzt steht alles auf dem Spiel.

Bei einem Gespräch auf dem Parkplatz des Instituts sagte Marjolein dann, sie habe schon gemerkt, dass sich etwas verändert habe. Sie habe Verständnis dafür, denn was er gerade erlebe, sei ja nicht alltäglich. Der Atem kam in Wolken aus ihrem Mund. Sie winkte ihm aus ihrem Auto zu, er lächelte dankbar. Das Ende seines Fehltritts, dachte er – es war leichter gewesen als erwartet.

Wenige Monate nach der Geburt verwendet Ruth das Wort »Schreibaby« zum ersten Mal, zunächst im verneinenden Sinn. »Er ist kein Schreibaby, er hat bloß Schwierigkeiten, auf der Erde anzukommen.« Sein Sohn als Weltraumreisender, dieses Bild gefällt Edward. Von seiner Umlaufbahn abgekommen und in der falschen Galaxie gelandet – aber wohin gehört er dann?

Morris lässt sich nur mit hochkomplizierten, lange durchzuhaltenden Mänovern zum Schlafen bringen, und wann immer sie eine gewisse Routine entwickeln, geht alles wieder von vorn los.

Zwei Wochen nach der Geburt hatte es angefangen, als

plagten ihn Schmerzen oder der Abschied von seinem Leben als Weltraumreisender. Er zerreißt ihre Nächte mit seinem Geschrei. Die Wiege steht auf Ruths Seite, sie schläft mit einer Hand auf Morris' Bauch. Sobald sie sie vorsichtig entfernt, schreckt er auf und schreit los. Nachts geistern sie mit dem Baby auf dem Arm durchs Haus, wiegen und beruhigen es. Das erhabene Glück der ersten Zeit weicht Reizbarkeit und Verzweiflung. Morris bekommt Zantac gegen Reflux, für einen pampigen Kommentar über den Hersteller GlaxoSmithKline ist Edward zu müde.

So tritt der Lärm in Edwards Leben, wie ununterbrochen hupende Lastwagenfahrer im Streik, angeführt von einem Umzug des Vereins »Mopeds ohne Auspuff«. Hundert lautstark wehklagende semitische Witwen bilden das Schlusslicht. Er kann nichts dagegen tun, der Lärm dringt ihm in die wehrlosen Ohren und kriecht ihm unter die Haut. Auch der achtlose Krach draußen bringt ihn um den Verstand – eine Elster in der Dachrinne, ein Schrei im Park, alles kann seinen Sohn aus dem mühsam erkämpften Schlaf reißen. Aus der Frequenz von miauenden Katzen in den Gärten oder von Flugzeugen hoch oben in der Luft hört er Morris' Schreien heraus; sein Herz pocht, seine Nackenhaare stellen sich auf. *Er ist wach … Er ist verdammt noch mal schon wieder wach …*

Im Institut schrickt er manchmal an seinem Bildschirm auf, weil eine ungeölte Tür klingt wie sein Sohn.

»Er schreit nicht ohne Grund«, erklärt Ruth, »oder um dich zu ärgern. Du scheinst zu vergessen, dass ihm wirklich etwas fehlt.«

Die Schmerzen des Kleinen bahnten sich ihren Weg aus der Tiefe seiner Organe bis zu seinem Gehirn, aber ihre Ursache blieb verborgen. Offenbar konnten auch Zantac und Motilium nichts dagegen ausrichten. Ruth schleifte Morris zu Ärzten und Naturheilkundlern, ein Osteopath strich ihm mit seinen feinsinnigen Händen über den Bewegungsapparat. In seiner Wiege hing ein Föhn, weil das Geräusch ihn zu beruhigen schien.

Wenn er sechs Monate alt ist, redeten sich Ruth und Edward gut zu, haben wir das Schlimmste überstanden. Mit einem halben Jahr haben sich auch die ausdauerndsten Schreibabys beruhigt. Dieser Zeitraum aber überstieg ihr eigenes Durchhaltevermögen bei weitem. Niemals würden sie es bis August schaffen, das Geschrei hätte sie lange vorher zerbrochen, so wie die Mauern von Jericho vom ununterbrochenen Schallen der Widderhörner zu Staub zerfallen waren.

Ruths Geduld war größer als seine, sie kam niemals in Versuchung, Morris mit Gewalt zum Schweigen zu bringen. Im Gegenteil, sie wunderte sich über die Flammen ohnmächtiger Wut, die in ihm aufloderten, und nahm ihm das Baby weg, weil sie fand, dass er es »unnatürlich« wiegte. »So kann er sich doch nie beruhigen.«

Sein Sohn, die Orgelpfeife.

Manchmal, wenn Morris ihn zu erkennen scheint, ist Edward gerührt. Die roten Händchen greifen ins Leere. Edward streichelt den zarten blonden Haarflaum, das samtweiche Gesicht. Unter der Fontanelle sieht man das Blut pulsieren.

Lange, warme Tage, vergleichsweise früh im Jahr. In der Küche schwirren Fliegen um das Katzenklo und das Brotschneidebrett. Edward erschlägt sie mit einem zusammengefalteten Geschirrtuch. Jedes Mal, wenn er glaubt, alle erwischt zu haben, sind wieder neue da. Von seinen kurzen, trockenen Schlägen mit dem Tuch platzen sie auf, sterben aber nicht immer auf der Stelle. In den Sonnenlichtstreifen auf dem Boden sieht er ihren Todeskampf. Sie hinterlassen nasse Spuren auf den Fliesen, ein Alphabet von Fliegenleid.

Im Jahr 1789 schrieb Jeremy Bentham:

Es gab Zeiten, und die gehören leider noch nicht überall der Vergangenheit an, in denen die meisten unserer Artgenossen als »Sklaven« vor Gesetz genauso viel galten wie, beispielsweise in England, die niedrigen Tierarten heutzutage. Vielleicht wird es einmal Zeiten geben, in denen der Rest der belebten Schöpfung jene Rechte erwirbt, die ihm nur von der Hand der Tyrannei vorenthalten werden konnten. Die Franzosen haben bereits entdeckt, dass eine dunkle Haut kein Grund ist, Menschen hilflos der Laune eines Peinigers auszuliefern. Vielleicht wird man eines Tages auch erkennen, dass die Anzahl Beine, die Körperbehaarung oder das Ende des Kreuzbeins ebensowenig Gründe dafür sind, empfindende Wesen diesem Schicksal auszusetzen. Was sonst sollte die unüberschreitbare Grenze bilden? Die Fähigkeit des

Verstandes oder die der Rede? Ein voll ausgewachsenes Pferd aber oder ein Hund ist unvergleichlich verständiger und mitteilsamer als ein Säugling von einem Tag oder einer Woche oder sogar einem Monat. Doch selbst wenn es anders wäre, was würde das ausmachen? Die Frage ist nicht: Können sie verständig denken?, oder: Können sie sprechen?, sondern: Können sie leiden?

Dieses Zitat hing an der Pinnwand im Klo. Als *Munition*. Vor langer Zeit hatte Edward den Fehler begangen, Ruth von seinen Versuchstieren zu erzählen. Bei Frettchen ließ sich der Verlauf von Virusinfektionen am besten verfolgen. Es war Präzisionsarbeit, einige wenige, minimale Mutationen, und ein tödliches Grippevirus verwandelte sich in eine mildere Variante, während milde Viren mit einem Mal tödlich werden konnten.

Manchmal betrachtete er die Tiere in den Käfigen mit Ruths Augen und erkannte, dass Langeweile die erste Form von Leiden war, dem man sie aussetzte. Sie vernachlässigten sich und legten ein zwanghaftes Verhalten an den Tag. Die Ausschüttung von Endorphinen erleichterte ihr reizarmes Dasein etwas. Je öfter und je länger er hinsah, desto schwerer fiel es ihm, das Leiden der Tiere zu leugnen. Das liegt am Schlafmangel, dachte er. Das Heulen seines Sohnes hatte ihn geschwächt. Die Vorstellungen seiner Frau und die eines britischen Utilitaristen durchdrangen seine stotternde Abwehr wie Parasiten. Selbst manche Fernsehprogramme setzten ihm zu. Eine Sendereihe, wo ehemalige Liebespaare wiedervereint wurden, trieb ihm die Tränen in die Augen.

Vor langer Zeit hatte er gelernt, dass Tiere keinen Schmerz empfinden. Eine alte kartesianische Idee, die erst vor Kurzem revidiert wurde. Jetzt war die Abrede differenzierter: Tiere könnten zwar Schmerzen empfinden, nicht aber leiden. Leid sei den Menschen vorbehalten. Das hätten sie ihrem Bewusstsein zu verdanken. Genau genommen bestehe die Ursache für menschliches Leid aus der Summe von Schmerzen plus der Erinnerung an erlittene Schmerzen plus der Erwartung zukünftiger Schmerzen. Ein solches Bewusstsein besäßen Tiere nicht, und falls sie überhaupt Schmerzen empfänden, dann nur solange, bis der Schmerzauslöser entfalle. Weil sein Sohn noch größtenteils unbewusst war, ging Edward davon aus, dass er nicht litt, sondern Schmerzen hatte.

Diese mechanistische Betrachtungsweise funktionierte gut, solange man komplizierte Fragen und die Vorstellung einer artübergreifenden Empathie, die er noch bis vor Kurzem als sentimental abgelehnt hatte, außen vor ließ. Sich in das Schmerzempfinden eines Artgenossen hineinzuversetzen, dachte Edward, war schwer genug, ganz zu schweigen davon, Verständnis für die Schmerzen anderer Tiere aufzubringen.

Frettchen zuckten zitternd und vor Angst keuchend vor der weißbehandschuhten Hand zurück, wenn sie schon einmal mit Spritzen in Berührung gekommen waren. Jetzt, da Edward auf einem Schemel vor den Käfigen saß und versuchte, *sich in sie hineinzuversetzen*, war er geneigt, diese Reaktion als Erinnerung zu interpretieren. Es war ein reflexhaftes Verhalten, gesteuert von den nozizeptiven Neuronen im Rückenmark und nicht vom Gehirn, aber trotzdem beruhte es auf einer negativen Erfahrung. Falls das eine primitive Form *physischer Erinnerung* war, konnte man dann nicht auch von einer primitiven Form des Leidens sprechen? Die Physiologie der Säugetiere im Labor unterschied sich nicht wesentlich von der des Menschen, deshalb dienten sie ja als Versuchstiere. Und genau wie der Mensch wurden sie von Leid und Freude regiert. Auf weniger komplexe Weise, aber das Prinzip war dasselbe.

Die Konsequenz von Benthams Gedanken, dachte er, wäre eine neue Kategorisierung, eine Taxonomie des Leidens. Es müsste einen neuen Linné geben, der Schmerzen klassifizierte. Noch immer hatte man kein Instrument, um Schmerzen objektiv zu messen. Menschen ließ man die Intensität ihrer Schmerzen selbst angeben, auf einer Skala von eins bis zehn, doch so etwas wie ein Thermometer, um Schmerzen im Gewebe und in den Organen zu messen, gab es nicht. Um eine neue Taxonomie zu erstellen, müsste man in der Lage sein, den Grad des Schmerzes zu messen. Doch selbst wenn der Auslöser objektiv war (ein herausgerissener Nagel, ein ausgestochenes Auge), blieb die Reizerfahrung individuell. Und wie sollte man bei Geschöpfen, die sich nicht mit Worten ausdrücken können, einem Pferd, einem Hund, Morris, Messungen vornehmen?

In seinem Tagtraum malt er sich aus, dass man sich genauso fanatisch mit Schmerzen befasst wie damals mit Aids. Labore laufen auf Hochtouren, Instrumente glänzen in kaltem Licht. Präzisionsgeräte tasten die nozizeptive Kette der Säugetiere ab, das Netzwerk der Nervenenden, Fasern und Ganglien wird freigelegt – irgendwo in dieser Kette verbirgt sich das Geheimnis. Immer raffinierter werden die Folterungen, stecknadeldünne Zeiger geben Ergebnisse auf mehrere Stellen hinterm Komma genau an. Inwiefern empfinden Tiere Schmerzen? Erinnern sie sich daran und fürchten sie sich vor neuen Schmerzen? Können sie *leiden*?

Die ganze Welt wartet gespannt auf die neue Taxonomie aus den Schmerzfabriken. Falls das Leiden anderer Arten dem menschlichen Leiden ähnelt oder sogar ganz damit übereinstimmt, hätte das unerhörte Konsequenzen. Der anthropozentrische Ansatz, der den Menschen in den Mittelpunkt des Reichs der Schmerzen stellt, hätte ausgedient, die Folter von Milliarden Versuchs- und Nutztieren würde sich als der größte Schandfleck der Menschheit erweisen. Spräche man den Tieren das *Recht zu leiden* zu, würde es mit den Selbstvorwürfen, den Entschuldigungen, den Erinnerungszentren und Mahnmalen des Bedauerns kein Ende nehmen.

Alles, was in den Laboren zu hören ist, wird auf einem eigens eingerichteten Radiosender ausgestrahlt. Die Schmerzen von Wirbeltieren, von Wirbellosen. Manche Geschöpfe winden sich und zittern, können sich aber nicht verständlich machen. (Der Radiosender schweigt.) Andere brüllen, schreien, pfeifen, quieken, fauchen oder seufzen – im Allgemeinen ziemlich eindeutige, aber schwer interpretierbare Gradmesser für Schmerzen. Radio Schmerz sendet rund um die Uhr, in der Dunkelheit lauschen wir den Schreien.

Die Bhagavadgita beschrieb den Menschen als Wunde

mit neun Öffnungen. Die große Schmerzuntersuchung würde die ganze Welt als klaffende Wunde definieren – mit unzählig vielen Öffnungen.

Edward rieb sich die Augen. Er war furchtbar müde.

Ende Mai nimmt er an einem vierstündigen Radioprogramm des öffentlich-rechtlichen Senders VPRO teil. Ein Ausbruch von H5N1 wird nachgestellt, das Krisenteam soll die notwendigen Maßnahmen einleiten. Jaap Gerson ist der Teamleiter, außer Edward sind dabei: ein Polizeikommissar, ein hoher Beamter des Innenministeriums und ein General außer Dienst aus Wassenaar. Edward ist in seiner Eigenschaft als Direktor des Laboratoriums für Zoonosen und Umweltmikrobiologie und als Berater der WHO eingeladen. In Asien und in Südeuropa sollen schon Hunderte Tote gemeldet sein. Auch in den Niederlanden steige die Anzahl der Infektionen rasch.

Während der Marathonsendung werden sie von den angeblich vor Ort anwesenden Journalisten immer wieder mit neuen Fakten und Umständen konfrontiert. »An dieser Invasion könnten Millionen Menschen zugrunde gehen«, hatte der Moderator in der Einleitung gesagt, »aber diesmal kann die Weltbevölkerung nicht von Bakterien gerettet werden, wie im Krieg der Welten, im Gegenteil, die Menschheit wird von einem Virus bedroht.«

Im Augenblick soll sich ein Flugzeug auf dem Weg von

Bangkok nach Schiphol im Luftraum über der Türkei befinden. Passagiere und Besatzung seien vermutlich alle infiziert. Der General a. D. sagt, die Armee würde auf dem Flughafen Hilfe leisten. »Wir stellen das Flugzeug unter Quarantäne. Eine unsympathische, aber notwendige Maßnahme.« Er hat seine Villa in Wassenaar verlassen, um sich im Studio zu amüsieren. Eine Programmredakteurin schenkt ihm regelmäßig Weißwein nach. Edward verfolgt das Treiben des Generals so genau – wie er die Aufmerksamkeit der Redakteurin erregt, den Finger ins Glas steckt und »Eiswürfel!« haucht –, dass er manchmal kurz den Faden verliert. Er trinkt Bier, es ist warm im Studio.

Gerson erklärt, was in den Laboratorien vor sich geht. »Alle Welt wartet auf einen Virushemmstoff. Und dann muss er erst in Produktion gehen, mehrere Millionen Mal, das wird sich noch eine Weile hinziehen.«

Ein Journalist berichtet, mehrere Hundert Passagiere leisteten in Schiphol Widerstand gegen die Zwangsquarantäne. Kleine Gruppen von Männern versuchten zu entkommen.

»Und was ist mit ihrem Gepäck?«, wirft Edward ein. Niemand lacht.

Viele der Passagiere seien krank. Es komme zu ersten Fällen von Gewalt. Auch die Menschen in den Krankenhäusern seien nicht bereit, sich dort festsetzen zu lassen.

»Etwas Dümmeres kann ihnen nicht einfallen«, sagt Edward. Er erläutert die Bedeutung von R0, dem Reproduktionsfaktor, also der Geschwindigkeit, mit der sich das Virus ausbreitet. Innerhalb von zehn Tagen könnten Millionen Menschen infiziert sein.

»Und die Konsequenz?«, fragt der Moderator.

»Bei der Schweinepest haben wir zehn Millionen Tiere umgebracht und bei der MKS-Krise mehr als hunderttausend. Beide Epidemien waren für den Menschen ungefährlich, im Gegensatz zu H7N7 im Jahr 2003. Damals wurden fünfunddreißig Millionen Hühner gekeult. Man muss den Mut haben, gewisse Maßnahmen zu ergreifen. Mag sein, man darf den Ethikern zufolge kein einziges Lebewesen töten, um hundert andere Leben zu retten. Aber sind wir nicht hier, um Entscheidungen zu treffen?«

Der Moderator wiederholt die Zahl: fünfunddreißig Millionen Hühner. Seine Bestürzung ist echt.

»Alle vergast. Ich glaube … Um Schlimmeres zu verhüten, muss man den Mut haben, sich unbeliebt zu machen. Maßnahmen zu ergreifen.«

»Menschen?«

Edward hebt die Hände rechts und links des Mikrofons vor ihm. »Sie sind unheilbar krank. Infektionsherde.«

Alle schweigen.

»Ich meine …« Er wird sich seines Fehlers bewusst – ein Moment von Unbedachtsamkeit. Blut steigt ihm zu Kopf. Ganz in der Nähe des Studios, in Hilversum, steht Gersons Elternhaus, wo die Läden immer geschlossen blieben. Gerson war in einem abgedunkelten Haus aufgewachsen. Immer Sperrzeit. Licht war Leben, Licht war Freude. Auf der polnischen Ebene war das Licht endgültig erloschen.

»Die Worte unsympathisch und notwendig sind in diesem Zusammenhang bereits gefallen …«, versucht der Moderator, das Gespräch wieder in Gang zu bringen.

Unerträgliche Hitze unter den Achseln, in den Leisten. Er schwitzt. Das Gespräch wird entlang der Bruchkante wieder aufgenommen. Noch über zwei Stunden liegen vor ihm.

Zu Hause fragt Ruth: »Mensch, Ed, was ist da nur in dich gefahren? Hattest du was getrunken?«

Edward wurde von Marjolein angezogen wie Wasser zum tiefsten Punkt. Schließlich ließ er sich gehen, für Widerstand war er nicht gemacht. Ihre junge Haut an seiner, diese Ekstase – es kam dem Glück vom ersten Mal nahe, näher konnte er ihm nicht mehr kommen. Sie erinnerte ihn an eine von den Autoscheinwerfern erfasste Katze, die man am Straßenrand im hohen Gras verschwinden sieht. Er fühlte sich wohl bei ihr. Und wusste warum. Er konnte es erklären, es war glasklar. Es hing mit dem Webfehler in seinem Dasein zusammen, mit seiner Ehe. Sein Alter, diese permanente Kränkung. Seine knackenden Knie. Die Furchen, die ihm ohne Vorankündigung ins Gesicht sprangen, und die Tatsache, dass sogar sein Gehirn *erschlaffte*. Der Schandfleck des Alters. So fasste er seine Ehe auf, als tragisches Ungleichgewicht. Eines, das nicht wieder ins Lot zu bringen war. Nicht von ihnen selbst. Dafür brauchte man einen Dritten. Ein Kind, dieses Mädchen. Sie bildeten Dreiecke. Nachdem er zu Marjolein zurückgekehrt war, hatte er es auf einmal begriffen:

Der Besitz einer schönen jungen Frau wurde erst dann erträglich, wenn man sich eine noch jüngere Geliebte nahm. Das stellte das Gleichgewicht her. Die Waagschalen waren wieder in Balance. Es funktionierte. Bis auf Weiteres.

Er schrak auf, das Sonnenlicht schien auf ihre Füße. *Verfluchte Kacke.* Hastig sprang er in seine Kleidung. »Du hast das T-Shirt falsch rum an.« Auf dem Laken ihre obszön gespreizten Beine. Das kleinste Detail konnte ihm zum Verhängnis werden.

»Es gibt da ein Problem«, sagte Ruth beim Essen. Sein Erschrecken blieb unter der Haut verborgen. Sie merkte es nicht. Seit Morris da war, schien sie ihn kaum noch wahrzunehmen. Geschmeidig glitten sie aneinander vorbei.

Es gehe um ihren Bruder Friso, man habe ihn aus seiner Wohnung geworfen.

»Und wie willst du das ändern?«

»Das wollte ich dir gerade erzählen, wenn du mich ausreden lassen würdest.«

Es war keine einfache Geschichte, wie so oft bei Menschen am Rande der Gesellschaft. Man drohe, Friso das Sorgerecht zu entziehen – er war bereits vor den Familienrichter gerufen worden. Die Jugendfürsorge habe ihm eine letzte Chance gegeben, und die wäre vertan, wenn sie herausfänden, dass die Baugenossenschaft ihn aus der Wohnung geworfen hatte.

»Wo ist er jetzt?«

Das Babyfon knackte – sie erstarrten, schauten hin, doch es blieb still.

»Zusammen mit Hunter bei einem Freund«, sagte Ruth leise, als könnte Morris sie durch die Decke hören. »Ein Alkoholiker, da können sie nicht bleiben. Friso sagt, er hat Aussicht auf eine neue Wohnung, aber erst im September.« Sie sah sich um. »Hier… Das geht gar nicht. Mit Morris, meine ich, und mit dir…«

»Mit mir?«

Wieder dieses vage Lächeln, als wäre sie im Hungerstreik, als hätte sie sich von der Welt zurückgezogen. »Er hat kein Geld. Gar nichts. Wir müssen ihm helfen.«

»Warum? Vielleicht ist Hunter woanders ja besser aufgehoben?«

»Er hängt an Friso, und Friso an ihm. Seine Mutter hat er schon verloren. Wenn er jetzt auch noch den Vater verliert… Der gibt ihm Stabilität, trotz allem.«

Edward meinte, es wäre vermutlich nicht so einfach, nur für wenige Monate eine Wohnung zu mieten. Was sie von einem Campingplatz halte, es sei die richtige Jahreszeit, und so könnten Friso und Hunter es als eine Art langen Urlaubs betrachten.

Ruth zögerte. Dann schlug sie vor, ein Campinghaus zu suchen, wie es sie auf einigen Zeltplätzen gebe.

Am nächsten Morgen erfuhr Edward von einem Mädchen an der Rezeption eines Campingplatzes in Autobahnnähe, dass sie *Bungalows* vermieteten, für zweiundsiebzig Euro fünfzig pro Nacht. Lautlos wiederholte sein Mund den Betrag.

»Wir haben Hochsaison.«

»Es ist Ende Mai.«

Das Mädchen zuckte die Achseln und sah auf das Telefon hinunter.

»Entschuldigung?«

Sie blickte wieder auf.

»Und wie viel kostet es, wenn man einen Bungalow für drei Monate nimmt?«

»Das müssen Sie mit Meneer Wildschut besprechen.«

Am Fenster hingen die Campingplatzregeln, sie zeugten von bitterer Intoleranz. Er ging über das Gelände, auf der Suche nach dem Verwalter. Ein paar Kuppeldachzelte standen darauf verteilt. Der Mann stauchte gerade eine Gruppe Touristen wegen der Unordnung vor ihren Zelten zusammen. Tschechen, dachte Edward, nach der kleinen Fahne auf einem der Rucksäcke im Gras zu urteilen. Der Verwalter trug eine kurze Hose, er hatte autoritäre Waden. Die Waden eines Unteroffiziers. Er zeterte in einer Mischung aus Englisch und Deutsch, die Tschechen blickten ängstlich zu ihm auf. Vielleicht erinnerte er sie an die Schrecken eines Regimes, das sie nur aus den Geschichten ihrer Eltern kannten.

»Osteuropäer«, sagte der Mann kurze Zeit später zu Edward. »Die schmieren ihre Scheiße an die Wände, diese Leute. Die reinsten Schweine.«

Untermenschen, dachte Edward, was er eigentlich meint, sind Untermenschen. Der Typ war eindeutig ein Nazi, ein Campingplatznazi hinter einer Schranke und Stacheldraht. Er erklärte den Grund für seinen Besuch.

»Und wer sind die Herrschaften, wenn ich fragen darf?«

»Mein Neffe und sein Vater, also mein Schwager.«

»Vorübergehend, sagten Sie?«

Es war unangenehm, mit diesem Mann reden zu müssen. Sie gingen zu den Bungalows. Der Verwalter baute sich davor auf, die Beine ein Stück gespreizt. Vier Gartenhäuser aus Holz, in einigem Abstand voneinander. In eins von ihnen warf Edward einen Blick. Ein Stockbett rechts und eins links, ein schmaler Gang dazwischen.

»Und dafür wollen Sie zweiundsiebzig Euro fünfzig?«

»Plus Kurtaxe.«

»Wie hoch ist die?«

»Viermal eins fünfunddreißig pro Nacht.«

»Aber sie sind doch nur zu zweit.«

»Da stehen vier Betten, also muss man für vier Personen bezahlen. Sonst kriege ich Ärger mit dem Finanzamt.«

Leicht sarkastisch sagte Edward: »Bei drei Monaten kommt man da also auf...«

»Sechseinhalbtausend Euro. Plus Kurtaxe.«

Edward blickte hoch, zu den Wipfeln der im Wind rauschenden Pappeln. Die Bäume markierten die Grenze des Campingplatzes. »Die Häuser stehen leer«, sagte er nach einer Weile.

»Nicht mehr lange.« Aus der Handyhülle am Gürtel des Mannes ertönte ein elektronischer Radetzkymarsch. Er ging dran, sagte kurz darauf: »Ich komme gleich« und steckte das Handy zurück. »Kann ich sonst noch was für Sie tun?«

»Für die Hälfte nehme ich es. Soweit ich sehe, stehen die Häuser leer, und sonst kriegen Sie gar nichts.«

»Fünftausend.«

Sie einigten sich schließlich auf viertausend Euro plus Kurtaxe.

Verdammtes Utrecht, dachte Edward, als er kurze Zeit später unter der Autobahn durchfuhr. Garantiert hatte ihn der Typ übers Ohr gehauen, doch er wollte sich Friso und Hunter um jeden Preis vom Hals halten. Er trat das Gaspedal weit durch. Ein pechschwarzes, bösartiges Myzel erstreckte sich durch Zeit und Raum und verband den Campingplatzchef mit dem ehemaligen Hauptquartier der Nationaal-Socialistische Beweging an der Maliebaan, wo sich auch die Zentrale des SD und der germanischen SS befunden hatten. Utrecht war der ideale Nährboden für solche Männer. Obwohl sein Arbeitstag noch gar nicht angefangen hatte, war er schon völlig erschöpft.

Nach der Arbeit fuhr er nach Amsterdam, Hunter und seinen Vater abholen. Eine Adresse in Zuidoost. Die Wohnung stank nach fauligem Müll und vollen Aschenbechern, Friso und Hunter hatten auf den nackten Matratzen geschlafen. Sie trugen drei große Supermarkttüten und die Gitarre zum Auto. »Und der Rest?«, fragte Edward. Friso kicherte. »Alles noch in der Wohnung. Gepfändet, weißte. Ich komm nich mal mehr in meine eigene Bude rein.«

Er habe einen Mietrückstand von einem halben Jahr, Gas und Strom hätten sie ihm schon letzten Winter gesperrt. Hunter saß auf der Rückbank, sah auf die Wiesen und Strommasten draußen und kratzte an einer schuppigen roten Stelle an seinem Kinn. Edward hatte Mitleid mit ihm. »Auf dem Campingplatz gibt es jede Menge

Kinder«, sagte er über die Schulter. »Und einen Spielplatz.«

Der Junge lächelte so ähnlich wie Ruth. Im Spiegel sah Edward, dass er eine geplatzte Ader im rechten Augenwinkel hatte.

»Na, Donnerwetter«, machte Friso, nachdem er sich in dem Häuschen umgesehen hatte.

»So kurzfristig gabs nichts Besseres«, entgegnete Edward verärgert. »Hast du Geld?«

»Nee, Mann, gar nix. Die haben sogar meine Sozialhilfe gepfändet.«

Er gab ihm zweihundert Euro.

»Weißt du, wo es einen Supermarkt gibt?«

Auf dem Campingplatz, sagte Edward, aber der Laden war so teuer, wie sie später merkten, dass er die beiden zu einem Albert-Heijn-Supermarkt in der Stadt fuhr und erst gegen Abend mit Tüten beladen wieder zurückbrachte. Morgen würde er ihnen einen Campingkocher und Kochgeschirr vorbeibringen. »Und Stühle«, sagte Friso. »Ein Tisch wäre auch nicht schlecht.« Im sterbenden Licht las Hunter ein *Donald Duck*-Heftchen.

Am nächsten Abend kam Edward zusammen mit Ruth und Morris zum Campingplatz. Sie hatte eine Quiche gebacken. Hunter konnte die Augen nicht von Morris lassen. Wenn er erst in der neuen Wohnung wäre, antwortete Friso auf ihre Fragen, könnte man ihm nichts mehr anhaben. Er würde an einem Schuldentilgungsprogramm teilnehmen, das sei die Voraussetzung, um wieder Sozialhilfe zu bekommen. Für Hunter hätte er schon eine neue Schule ausgesucht. Ruth legte sich ein Tuch um die Schultern. »Nicht so fest streicheln, Hunter«, sagte sie, »er ist noch ganz klein.« Als Edward ihr das Kind abnehmen wollte, schüttelte sie den Kopf und meinte, er sei gerade so schön ruhig.

Edward wollte nach Hause, er ekelte sich vor ihrem Bruder. So einem Scheißkerl konnte man doch unmöglich die Verantwortung für ein Kind überlassen, würde er ihr noch im Lauf des Abends erklären, aber jetzt hörten sie in der Dämmerung erst einmal Friso zu, der im Schneidersitz auf der kleinen Veranda vor dem Haus saß und Gitarre spielte. Ein Lied von Leonard Cohen, dachte Edward. An den Lagerfeuern am Strand in Asien war er damit früher garantiert gut angekommen. Wahrscheinlich hielten die Frauen ihn für »sensibel« und ließen sich ohne große Mühe von ihm rumkriegen. *Es war einmal.* Edward freute sich insgeheim, wenn ein solches Leben auf einem Campingplatz an der A27 endete, wie bei dem in der Asche sitzenden Hiob. Friso fehlte bloß noch eine gewisse … genau, Demut. Seine kalten Ziegenaugen blickten immer noch ungerührt drein.

Das Lied war zu Ende. »Ach, war das wieder schön.«

Friso erhob seinen Plastikbecher voll Wein. »Verachte den braven Bürgersmann, seine Gläser aber leere bis auf den Grund.« Edward konnte sich den Gedanken nicht verkneifen, dass er der brave Bürger war, dessen Glas gerade von diesem Schmarotzer geleert wurde.

An diesem Abend sagte Ruth, kurz bevor er sich zu ihr legen wollte: »Das ist vielleicht nicht so toll für dich, mein Schatz, aber ich glaube, es ist besser, wenn du nach oben gehst. Morris wird immer so unruhig von dir, finde ich. Für ihn ist es bestimmt angenehmer, wenn du unterm Dach schläfst.«

Ihre Stimme klang freundlich und sanft, sie drückte sich sehr pädagogisch korrekt aus. Ohne ein Wort verließ er das gemeinsame Zimmer, wütend und beschämt, weil er von seiner Frau und seinem Sohn aus dem eigenen Bett verbannt worden war. Er setzte sich ins Wohnzimmer, sah fern, trank Rotwein und ging erst nach Mitternacht ins Dachgeschoss hinauf. In dieser Nacht träumte er von einem Raum, in dem Gegenstände und Menschen aus der Luft fielen, ganz allmählich, wie Objekte in einer Emulsion. Wenn sie unten aufkamen, versanken sie im Boden, ohne Risse oder Narben zu hinterlassen. Mitten in diesem langsamen Regen von Rasenmähern, umgedrehten Bäumen, Schreibtischstühlen und fremden Menschen stand er selbst.

Als er ins Erdgeschoss kam, war Ruth schon mit Morris zur Kita aufgebrochen. Er aß ein Butterbrot und trank ein Glas Saft. Auf dem Tisch lag ein Zettel. *Nachricht von*

Friso. Würdest du ihm noch eine Schüssel und eine Spülbürste besorgen? (Nicht ärgern!) Küsse.

Ein Tag, als wäre er überhaupt nicht aus seinem Traum erwacht. Etwas, dachte er, was nicht rückgängig zu machen war, hatte stillschweigend seinen Lauf genommen. Die ganze Zeit schon hatte es ihn begleitet, war hinter ihm wie ein Schatten – doch jetzt, da die Sonne anders stand, holte es ihn ein, schwer und dunkel – das Zusammentreffen wäre fatal.

Er wartete, dass sein Telefon klingelte, dass er eine Nachricht bekam – das Gefühl von Unheil. Doch das Telefon schwieg. Der Tag verging. Nichts passierte.

Ruth ging nicht dran, als er sie von unterwegs anrief. Er sprach ihr auf den Anrufbeantworter, dass er noch eine Schüssel und eine Spülbürste kaufen und beides bei Friso vorbeibringen würde, dann käme er nach Hause. Ob sie zusammen essen könnten?

Er klang wie ein Bettler, dachte er, als er aufgelegt hatte. Sie würde seinen flehenden Ton hören und ihn dafür verachten.

Der Campingplatzchef hatte Friso ermahnt, die Unordnung draußen aufzuräumen, eines der anderen Häuser würde bald belegt. »Oh, Mann«, sagte Friso, »hoffentlich sind ein paar von diesen sagenhaften osteuropäischen Weibern dabei.«

Bestimmt eine interessante Konfrontation, dachte Edward auf dem Nachhauseweg – die teutonische Ordnung des Campingplatzchefs und die grundlegende Gleichgültigkeit von Friso. Insgeheim bewunderte er ihn darum.

Friso ließ sich einfach fallen, ohne einen Gedanken daran zu verschwenden, ob ihn jemand auffangen würde oder nicht. Er wurde immer aufgefangen. In seiner Familie war er der Jüngste, der Benjamin, und verließ sich darauf, dass andere seine Fehler ausbügelten. Seine Charakterschwächen wurden ihm nie ernsthaft angekreidet, selbst Ruth nahm ihn immer noch in Schutz.

Edwards Bewunderung war nicht weit entfernt von Neid. Falls er fiel, würde ihn niemand auffangen.

Er schleppte eine Tasche mit Frisos und Hunters Dreckwäsche ins Haus. Ruth ging ganz selbstverständlich davon aus, dass er sich um alles kümmerte. Sie saß mit untergeschlagenen Beinen auf der Terrasse, das Babyfon vor sich auf dem Tisch. »Hallo«, rief sie. Die Mutterschaft hatte ihr etwas Volles, Strahlendes verliehen, dem ihre Müdigkeit keinen Abbruch tat. Er beugte sich zu ihr hinunter. Ihr Kuss eine Kopfbewegung, die den anderen von sich schiebt.

Er wusste nicht, was er sagen sollte, fürchtete sich vor dem, was er nicht hören wollte. Die Wahrheit war das Privileg der Starken.

Ruth erzählte ihm von Morris' Tag in der Kita; für beide war dieses Thema ein Zufluchtsort. Im Garten begann alles zu blühen, er hatte neue Klematis gepflanzt. Topfscherben zum Schutz um die Wurzeln verteilt, sie waren sehr empfindlich. Die Klematis blühten violett und rosa.

Ruth blickte ihn an. »Weißt du, Edward, wir haben so viel versucht …«

Er zwang sich, sie anzusehen.

»Eigentlich hat überhaupt nichts geholfen. Der Meinung bist du doch auch? Ich habe vor ein paar Wochen mit dem ganzen Mist aufgehört, Infancol und Zantac, Dophilus, das ganze Zeug.« Sie schüttelte den Kopf. »Und du hast es nicht mal gemerkt.«

Er verzog das Gesicht.

»Ich dachte mir schon, dass du dagegen sein würdest. Deshalb habe ich nichts gesagt. Weil du …«

»Ohne den Kinderarzt zu fragen, ob man das alles einfach so absetzen kann?«

»Weißt du, ich habe etwas bemerkt. Etwas anderes. Du hältst das sicher für furchtbar unwissenschaftlich, aber … manchmal wissen Mütter eben mehr als jede Untersuchung.«

Im Nachbargarten drehte sich ein Rasensprenger tickend im Kreis, das Wasser plätscherte in regelmäßigen Abständen auf einen Sonnenschirm.

»Er schreit vor allem abends, Edward. Abends und am Wochenende. Da ist er wach, unruhig, schreit. Tagsüber, wenn ich mit ihm allein bin, ist er viel ruhiger. Das sagen die Erzieherinnen auch.« Sie schlug die Beine wieder unter. »Tagsüber geht es ihm gut, oder jedenfalls viel besser. Er schreit nur abends. Und am Wochenende. Ich habe mal darauf geachtet, das kann kein Zufall sein. Weißt du, woran das liegt, Edward? Es tut mir leid, das sagen zu müssen, aber … es liegt an dir.«

Er wartete, bis der Regen wieder am Sonnenschirm vorüber war, dann fragte er: »Was liegt an mir?«

Sie sank in den Stuhl zurück. »Dass er schreit.«

Zwei Mal setzte er zu einer Antwort an, doch die

Worte blieben ihm im Hals stecken. In der Stille zwischen ihnen gingen ganze Schiffe unter.

»Aha«, sagte er nach einer Weile, als wollte er ausprobieren, ob seine Stimme noch funktionierte.

»Wenn du da bist, schreit er. Das ist kein bloßer Zufall.«

»Nein, das ist Schwachsinn«, sagte er langsam.

»Ich sehe, was ich sehe.«

»Ein Gesicht in den Wolken, das siehst du. So geht das doch nicht, erst hörst du mit den Medikamenten auf und dann bildest du dir ein, den Grund für seine Beschwerden zu finden. Eine Zufallsbeobachtung und eine idiotische Schlussfolgerung, weiter nichts. Außerdem: *Warum* sollte er mich so schlecht ertragen?«

»Ich weiß nicht.«

»Komm schon, du hast dir doch Gedanken darüber gemacht. Garantiert.«

Sie sah ihn an, starr wie ein Fisch. »Wenn du es wirklich wissen willst …«

Beide warteten. Rauschend drehte sich das Wasser. Der Kreis dauerte sieben Sekunden. »Er spürt, glaube ich, dass du ihn nicht wolltest.«

Manche Worte kann man nicht zurücknehmen. Sobald sie gefallen und wieder verklungen sind, ist alles anders – erstaunt blickt man sich um, wie es vorher war.

Sein Kopf fiel ihm auf die Brust, als wäre er zu schwer geworden und vom Rückgrat abgebrochen. So blieb er eine Weile sitzen. Dann richtete er sich wieder auf. »Ich hatte gehofft, dass es nicht so schlimm wäre. Ehrlich. Aber es ist schlimm. Noch schlimmer, als ich dachte. Ich weiß nicht, was ich sagen soll. Wenn du wieder … *normal* bist, wirst du einsehen, was für ein Schwachsinn das alles ist.«

»Es tut mir leid. Ich kann verstehen, dass du wütend bist.«

Er stand auf, klammerte sich an die Stuhllehne. »Verschon mich mit diesem Scheiß, bitte!« Er wollte schon weggehen, überlegte es sich aber anders. »Du wirst mir nicht weismachen, dass mein eigener Sohn allergisch auf mich reagiert … Dass er wegen mir Reflux hat. Wegen mir schreit. Das ist … Du bist verdammt noch mal völlig durchgedreht, Mensch! Die Schwangerschaft hat dir das Hirn aufgeweicht. Die Hormone haben dich um den Verstand gebracht. Du blöde Kuh!«

Als würde ein Drachen aus seiner Brust aufsteigen, so fühlte es sich an – phantastisch. Er hatte sich ihr gegenüber noch nie so gehen lassen, und jetzt machte es nichts mehr aus. Er hatte verloren, es gab keinen Unterschied mehr zwischen der Einöde in seinen Träumen und der Wirklichkeit, die ihn erwartete.

Das Merkwürdige war, überlegte er sich später, dass danach alles ganz normal weiterging. Sie stöpselte den Vakuumverschluss auf die Weinflasche, räumte die Spülmaschine ein, die Teller zu den Tellern und die Gläser zu den Gläsern, und er kniete sich in der Waschküche auf den Boden und sortierte Frisos und Hunters Dreckwäsche. Ob sie auch noch etwas zu waschen habe, rief er. Sie ging hinauf und kam wieder herunter, dann lagen alle Kleidungsstücke eng verknäuelt in der Waschtrommel. Er konnte den Blick nicht von der Innenseite der Unterwäsche lösen: Ruths getrockneter Ausfluss, bei seinem Schwager braune Streifen und der kräftig in den Stoff gestempelte Abdruck seines Afters. Die Vorstellung, dass Teilchen von ihm im selben Wasser trieben wie ihre Kleidung, widerte ihn an, und er nahm alles, was den dreien gehörte, wieder heraus. Intoleranz auf Zellebene.

Als er seinen Wecker aus dem Schlafzimmer holen wollte, fing Morris an zu schreien. Ruth machte Licht an und nahm ihn aus der Wiege. Sie legte ihn an die Brust. Leise zog Edward die Tür hinter sich zu.

Nachts pinkelte er oben ins Waschbecken. Im Dunkeln fragte er sich, ob es noch einen Ausweg gab, einen Spalt, durch den er in sein altes Leben zurückschlüpfen konnte. So lag er grübelnd da, in dieser Nacht und den folgenden Nächten, im silberweißen Licht, das zum Dachfenster hereinfiel und das Rudergerät und die Umzugskartons mit einem vagen Glanz umgab. Manchmal hörte er ganz deutlich ihre Stimme: »Ich weiß nicht, was mit mir los war, es tut mir furchtbar leid«, und nahm daraufhin in Gedanken seinen Platz im Ehebett und in ihrem gemeinsamen Leben wieder ein – und über diesen Phantasien fiel er in Schlaf.

Ruth stellte sich, wie er in den folgenden Tagen merkte, auf eine Art funktionelle Freundlichkeit ein, wie eine Schalterbeamtin oder Reiseleiterin. Er reagierte mit einer

Neutralität, die er, wie er wusste, nur kurze Zeit durchhalten könnte, ehe er das Haus in Brand steckte, sich ans Ostufer des Schwarzen Meers flüchtete, als Wahrsager durch die Straßen von Tiflis zog und an den Kaimauern Mandarinen aß.

Er lebte wie ein Paria im eigenen Haus, redete sich aber ein, dass er ihr damit nur Zeit geben wollte, sich zu besinnen und die Absurdität ihrer Überlegungen einzusehen.

Einmal kochte er abends Risotto, den Ruth, jedenfalls in kleinen Mengen, liebend gern aß. Zufrieden sah er ihr beim Essen zu und stellte fest, dass es zumindest nach außen hin so war wie früher.

»Liebe Ruth«, sagte er kurze Zeit später, als würde er einen Brief vorlesen, »hör mir bitte zu. Versuche, mir mit deinen früheren Ohren zuzuhören, deinen Ohren aus der Zeit vor Morris. Lass uns einen Arzt fragen, was er von deiner Theorie hält. Ob er schon mal gehört hat, dass ein Vater sein Kind krank macht. Dass ein Vater sein Kind durch seine bloße Anwesenheit zum Schreien bringt. Falls es so was gibt, so eine Allergie, muss es noch andere Fälle geben. Lass uns zum Arzt gehen, von mir aus zu einem neuen Arzt, einem, der uns helfen kann. So kann es wirklich nicht weitergehen.«

Doch sie schüttelte den Kopf. »Ich kann keine Ärzte mehr sehen. Jetzt läuft es endlich ein bisschen besser, ich sehe keinerlei Nutzen darin, wieder zum Arzt zu gehen.«

»Und ich?«, fragte er lauter als beabsichtigt. »Ich schlafe unterm Dach, du behandelst mich wie einen Paria, ich fühle mich wie ein Fremder im eigenen Haus!«

»Dann ist das eben so. Morris' Gesundheit geht vor. Wenn es ihm besser geht, sehen wir weiter.«

In der Frau, mit der er sieben Jahre zusammengelebt hatte, war diese Frau verborgen gewesen, eine Person, die er nicht kannte und für die es keinerlei Anzeichen gegeben hatte. Ein starkes, unbeugsames Wesen. Keine Gnade, ein beinharter Plan.

Sie hielt Morris so gut wie möglich von ihm fern, und seine gelegentlichen Wutausbrüche bestärkten sie in diesem Entschluss. Er war die Krankheit ihres Kindes, und es war vernünftig, Kinder von Krankheiten fernzuhalten.

Auffallend war, fand er, wie schnell man sich an die Verrücktheit eines anderen gewöhnte; in den seltenen Momenten, in denen er Morris halten durfte, gab er sich die größte Mühe zu beweisen, dass sein Sohn sich bei ihm wohlfühlte. Auf diese Weise, indem er sich ihrer fixen Idee anpasste, versuchte er, sie zu widerlegen. Seine Assimilation ging so weit, dass er bloß noch auf Strümpfen durchs Haus schlich und mit gedämpfter Stimme sprach, alles nur, um sich als Ursache von Morris' Geschrei auszuschließen. Wie ein Gespenst lebte er und verzog den Mund, wenn die Treppenstufen unter seinem Gewicht knarrten. Er passte sich schnell an sein Leben als Krankheit an. Im Grunde genommen, dachte er, war seine Assimilation ein einziges Schuldbekenntnis. So würde sie das jedenfalls auffassen, als lautstarkes *Ja, ich bin Morris' Krankheit.*

Nachts hörte er seinen Sohn im unteren Stockwerk schreien. Hatte er sich wirklich kein Kind gewünscht, wie sie behauptete? Er versuchte, seine Gedanken und Gefühle von damals zu ergründen. Als sie die Pille absetzen wollte, war er sofort einverstanden gewesen. Auf die Fruchtbarkeitsuntersuchung hatte er keine Lust gehabt, das stimmte, aber konnte man daraus schließen, dass er kein Kind wollte? Oder betrachtete sie etwa sein halbtotes Sperma als Sabotage?

In letzter Konsequenz, dachte er, während er immer noch nicht einschlafen konnte, liefen ihre Überlegungen darauf hinaus, dass die Krankheit das Haus verlassen musste. Sie war nicht so weit gegangen, das zu sagen, aber das konnte sie jeden Moment nachholen.

Eigentlich, so dachte er noch später in dieser Nacht, fanden sie beide, dass er aus dem Haus musste. Sie, weil ihr Kind dann gesund werden würde, und er, weil das der beste Beweis wäre, dass es sich in keiner Weise auf Morris' Gesundheit auswirkte, ob er da war oder nicht. Es würde seine Unschuld beweisen. Also würde er sich auf diese Strategie festlegen, um sein Leben als Krankheit hinter sich zu lassen und eines Tages wieder Vater und Ehemann sein zu können. Ja, es wäre wirklich das Beste für sie alle, wenn er sich für eine Weile verdrückte.

Was für ein Irrtum zu glauben, dass einem die Welt gehört, sobald man die Haustür hinter sich zugezogen, die Schlafmatte und Reisetasche ins Auto geworfen hat und von zu Hause weggefahren ist. Für Edward Landauer wurde die Welt kleiner denn je. Tatsächlich verbrachte er nun die meiste Zeit in seinem Büro am Institut. Bald schon war alles Liegengebliebene aufgearbeitet, hatte er die letzten Vorlesungen des Trimesters vorbereitet und trieb sich bloß noch im Internet herum. Dieses stumpfsinnige Surfen von einer Webseite zur anderen machte ihn wahnsinnig vor Widerwillen und Langeweile, doch er hatte nichts anderes zu tun. Am Spätnachmittag verließ er zusammen mit seinen Kollegen das Institut, kam aber zurück, nachdem er in dem Lokal »Chinesische Mauer« gegessen hatte. Die Reste ließ er sich einpacken, falls er nachts Hunger bekäme.

Es war Ende Juni, um das Institut wuchs eine grüne Wand hoch.

»Und?«, fragte ihn Mevrouw Hordijk, seine Sekretärin. »Wohin geht es diesen Sommer?«

»Erst mal für eine Woche nach Juan-les-Pins. Dann sehen wir weiter.«

»Herrlich, oder? Sich einfach so treiben zu lassen.«

Er nickte, ja, das war wirklich herrlich.

Abends irrte er durch die verlassenen Büros seiner Mitarbeiter. Er sah sich ihre Familienfotos an, las ihre Notizen und die Zeitungsausschnitte, Comics oder Weisheiten, die sie an die Wand gepinnt hatten. Falls einer seinen Computer versehentlich nicht heruntergefahren hatte, gönnte er sich einen Blick in dessen Mails. Und während die Kollegen zu Hause friedlich an ihre Partner geschmiegt schliefen, schlich er sich durch ihr Dasein und knüpfte die Fäden ihrer farblosen Leben aneinander. Manchmal ging er vor dem Schlafengehen noch kurz bei den Tieren vorbei, den kreuz und quer durcheinanderliegenden Frettchen und den Hühnern auf ihren Stangen, die verschlafen ein Knopfauge öffneten, wenn er ihnen »gute Nacht« wünschte. Zurück in seinem Büro griff er in den Schrank, in dem er seine Übernachtungssachen aufbewahrte, einen Schlafsack, eine selbstaufblasbare Campingmatte und ein Daunenkissen von zu Hause. Unter der Fensterbank, wo es morgens am längsten dunkel blieb, schlug er sein Lager auf. Über dem kleinen Handwaschbecken in der Toilette putzte er sich die Zähne und stutzte sich den Bart. Hin und wieder duschte er in der Notdusche im Labor, weil die Leute auf dumme Gedanken kamen, wenn man schlecht roch und sich gehen ließ.

In den schlaflosen Stunden kehrte er in seine frühe Kindheit zurück, an die er sich immer deutlicher erinnern konnte. Irgendwann tauchte das Bild des Obstgartens seiner Großeltern vor ihm auf, es brachte die Süße der Türkenkirschen und den Geschmack der vollen, rostfleckigen Birnen mit sich – eine Erinnerung aus den frühen Sechzigern, rechnete er nach, als die Straße noch nicht zur Autobahn ausgebaut war, was das Ende der Obstbäume und des Bauernhofs bedeutete, und damit auch das Lebensende seines Großvaters, davon war jedenfalls seine Mutter fest überzeugt. Sein Vater war der Meinung, dass man von Trübseligkeit keinen Krebs bekam, doch sie hatte einen Griff in die Redewendungs- und Sprichwörterkiste getan und verkündet: »Wie Himmel und Erde, Willy, so sind auch Leib und Seele eins.«

So stieg Edward die Leiter seines Lebens hinauf und hinunter und begriff die einzelnen Teile genauso wenig wie das große Ganze.

Einmal schreckte er nachts aus seinem unruhigen Schlaf hoch. Die Bürotür öffnete sich, das Licht ging an. Er setzte sich auf und kniff die Augen zusammen. Ein Wachmann stand in der Tür. Er machte ein paar Schritte in den Raum, die Hand auf der Taschenlampe an seinem Bein; sie war groß genug, jemanden damit zu erschlagen. Sein Blick wanderte über den Mann am Boden, die überquellende Reisetasche. »Wer sind Sie?«, fragte er schließlich. »Was machen Sie hier?«

Edward fischte seinen Dienstausweis aus der Hosentasche und gab ihn ihm. Der Sicherheitsmann studierte abwechselnd die Magnetkarte und den Mann vor ihm, der aus seinem Schlafsack schaute wie ein halbentpuppter Schmetterling.

»Ich bin hier der Chef.«

»Mag ja sein. Aber was tun Sie hier um diese Uhrzeit?« Sein Hemdkragen war zu weit, der dünne Hals lugte hilflos daraus hervor.

»Überstunden. Betrachten Sie das bitte als Überstunden. Und jetzt möchte ich wieder schlafen.«

»Ich mache bloß meine Arbeit, weiter nichts.«

Seit wann fühlten sich auch Wachleute so schnell in ihrer Würde verletzt? So *auf den Schlips getreten*?

Edward legte sich wieder hin und sagte: »Morgen muss ich früh raus. Machen Sie bitte das Licht aus.«

Kurz darauf lauschte er den Schritten, die sich im Gang entfernten. Lautlos wie eine Sense im hohen Gras kam der Schlaf.

Am Wochenende glaubte er zu sterben vor Langeweile. Marjolein meldete sich nicht. Er machte einen langen Spaziergang im Wald ums Institut. Unter den hellgrünen Buchenkronen hing ein leicht fauliger Geruch. Morris fehlte ihm, aber seine Zeit war noch nicht gekommen, er musste sich gedulden. Noch mindestens zwei Wochen. Bis Mitte Juli, schätzte er, dann hätte Ruth ihren Irrtum eingesehen. Länger würde er das nicht aushalten. Unmöglich.

Am frühen Abend rief er Marjolein erneut an. »Hallo?«, sagte sie in einem Tonfall, als hätte jemand anders ihr den Hörer gegeben.

»Ich bins.«

»Ich kann jetzt nicht reden«, sagte sie schnell. »Ich rufe dich später an.«

»Ist in Ordnung, Kleine, natürlich«, antwortete er, aber da hatte sie bereits aufgelegt.

Er trat gegen den Schreibtisch. Ob der Matrose zurück war? Wo waren die Tretminen, wenn man sie mal brauchte?

Der Sonntag lag vor ihm wie ein steiler Anstieg. Er verließ das Institut nur für einen kurzen Gang zum Supermarkt. Der in Bilthoven war geschlossen, also fuhr er in die Voorstraat in Utrecht. Im ganzen Land roch es nach Sonnencreme, und er schlich hier wie ein Illegaler herum. Er wollte keinen seiner Studenten treffen. Schon ein einfaches »Hallo« hätte verraten, wie elend es ihm ging. Er fuhr zurück und stellte das Bier in der Kochnische auf dem Flur kalt. Ein offenes Fenster ließ kühle Waldluft herein, nachts hörte er manchmal den Schrei der Eulen.

Sechs Stunden noch, bevor er wieder schlafen gehen konnte. Er sehnte sich nach einer Nachricht von zu Hause, war furchtbar enttäuscht, dass Ruth sich überhaupt nicht meldete. Wie ein Verbannter wurde er Stunde um Stunde weiter von zu Hause weggeführt, über Flüsse und durch Ebenen, bis an den Rand der Welt, wo die Sonne niemals unterging. Abends war die stumme Dunkelheit am schwersten zu ertragen, und so spazierte er erst spät zur »Chinesischen Mauer«, um diese Stunden möglichst schnell hinter sich zu bringen. Das Lokal war voll, er hatte keine Lust, zwischen all dem fröhlichen Geschnatter allein an einem Tisch zu sitzen. Die Bedienung benahm sich freundlich und taktvoll, der Junge beim Take-away-Schalter sagte so etwas wie: »Du findest chinesische Essen gut, ich glaube?«, aber das wars auch. Er trank ein Bier und blätterte durch alte Zeitschriften des Gastronomie-Verbandes. Mit einer Essenstüte in der Hand kehrte er kurz darauf zum Institut zurück.

Er aß gebratenen Reis mit Gemüse. Sein Telefon blieb stumm. Er war wie tot für die Welt.

Montagmorgen. Stimmen im Gang, auf- und zugehende Türen. Erleichtert lauschte er dem zurückgekehrten Leben.

»Guten Morgen«, sagte Mevrouw Hordijk, »Sie sind ja früh dran heute.«

Er warf einen Blick in das Labor, in dem Marjolein normalerweise arbeitete. Sie war noch nicht da.

Kurz vor dem Ende der Abteilungskonferenz steckte Gerson seinen grauen Kopf zur Tür herein. »Guten Morgen, lasst euch nicht stören. Kann ich dich gleich mal sprechen, Ed?«

»Wir sind gerade fertig.«

Sie überquerten den Gang zu seinem Büro. Gerson hielt die Nase in die Luft und sagte: »Mann, mieft das hier. Betreibst du neuerdings ein Restaurant?«

Er zog die Tür zu und setzte sich mit einer Pobacke auf den Schreibtischrand. »Ganz kurz nur, Ed …«

Edward rollte auf seinem Stuhl ein Stück vom Schreibtisch weg und sah amüsiert zu ihm hoch.

»Wie geht es dir eigentlich?«

Edward schlug die Beine übereinander und lehnte sich zurück. »Das hast du mich noch nie gefragt.«

»Ich meine das ernst, Ed.«

Das Lächeln auf Edwards Gesicht erlosch. »Warum fragst du mich das? Ist was passiert?«

Gerson sah ihn lange an. »Zwei Dinge. Oder vielmehr drei. Dein Beitrag in der Radiosendung neulich, das war … keine Meisterleistung, um es mal vorsichtig auszudrücken. So kenne ich dich nicht, Ed.«

Edward räusperte sich hinter vorgehaltener Hand.

Eine Übersprunghandlung. »Tja. Weißt du, mit Morris ... es ist schwierig. Er schläft immer noch extrem schlecht, nächtelang sind wir mit ihm zugange. Ich bin vielleicht nicht ganz auf der Höhe, aber bald ist er ein halbes Jahr alt, dann ist das Schlimmste hoffentlich überstanden ...«

Er musste reden, reden, ununterbrochen reden. Alles mit Worten bedecken, ersticken.

»... das ist meiner Meinung nach der Grund.«

»Und du schläfst im Institut, habe ich mir sagen lassen«, fuhr Gerson fort, als hätte er ihm gar nicht zugehört.

Haltung bewahren, nicht aufgeben. »Ach, dieses eine Mal.«

»Du weißt doch, dass das nicht der Sinn der Sache ist. Damit setzt man, wie soll ich sagen, die falschen Signale.« Er ließ den Blick durch den Raum wandern. »Darf ich fragen, warum du hier schläfst?«

Edward setzte zu einer Antwort an, unterbrach sich und setzte erneut an. »Stimmt, ich übernachte hier manchmal. Selten. Wenn es spät geworden ist. Zu Hause ist es ... Du kannst dir gar nicht vorstellen, wie das ist mit so einem Schreihals. Schlafentzug ist eine Folter. Deshalb ... Ich weiß ja, dass es nicht gerade die feine Art ist, aber versteh doch, unter diesen Umständen ...«

»Ist sonst alles in Ordnung bei dir zu Hause? Mit Ruth? Mit euch beiden?«

Edward kratzte sich mit dem Stift am Arm, verzog das Gesicht. »Mit Höhen und Tiefen, natürlich, wegen Morris machen wir, wie gesagt, schwierige Zeiten durch ... Aber sonst, alles in Ordnung, ja.«

»Sicher? Sonst kann ich nämlich Rücksicht darauf nehmen. Dann lässt du es mal ein bisschen ruhiger angehen.«

»Das ist … Danke, aber das ist nicht nötig.«

»Du sollst hier nicht mehr übernachten, Ed. Das darf nicht einreißen.«

Edward nickte. Er wünschte sich, dass Gerson aufhörte, ihn so anzusehen. Mit diesem chirurgischen Blick. Hatten sie es bald hinter sich? Hatte er alle Punkte abgehakt? Ein Hauch Wut kräuselte sich in ihm hinauf. Er wurde nächstes Jahr fünfzig, verdammt noch mal, er wollte sich nicht mehr so fühlen. So gedemütigt.

»Eins noch«, sagte Gerson bedächtig. Er legte den Kopf ein Stück zurück und musterte ihn wie ein Weinetikett. »Ich weiß nicht recht … Aber ich will es aus der Welt haben. Dieses Mädchen aus deiner Abteilung, Marjolein van Unen.«

Seine Haut kam ihm vor wie ein schlecht sitzender Mantel, mit dem er mühsam versuchte, den Schrecken und die Scham zu bedecken. Dieser Arsch, er hatte sich das Schlimmste bis zum Schluss aufgehoben.

»Marjolein, ja, was ist mit ihr?«

»Ich habe … Ich will mal so sagen, ich habe den begründeten Verdacht, dass deine Beziehung zu ihr nicht rein beruflicher Natur ist.« Er rieb sich über die Stirn. »Sags mir, wenn ich mich täusche. Überzeuge mich, Ed, bitte. Sonst haben wir ein Problem.«

Ohne zu zögern. Direkt aufs Ziel zu. Der Fallschirmjäger im Einsatz. Edward drückte sich die Stiftspitze in den Arm, an der Stelle, wo es juckte. Er lachte auf. »Wie kommst du darauf?«

Mit fleischigen, plumpen Flügeln flatterten seine Worte durch den Raum. Gerson setzte die Brille ab, nahm den Bügel zwischen Daumen und Zeigefinger und schwenkte sie hin und her. Überheblich und aufdringlich sei er, so sein Ruf, aber er täuschte sich fast nie, und das war am schwersten zu ertragen.

Edwards Zunge lag ihm dick und trocken im Mund, als er sagte: »Ach, in so einer Abteilung wird doch immer getratscht.«

Das Bedürfnis, durchs offene Fenster davonzuschweben wie eine Weidenfluse.

»Das ist eine ernste Angelegenheit, Ed. Also frage ich dich noch mal: Bist du mit diesem Mädchen zu weit gegangen?«

Ein Dilemma. Weiter zu leugnen wäre unehrenhaft, unmännlich, und irgendwie war heute nicht der richtige Tag für einen noch größeren Abstieg. Edward wusste, dass er sich sein eigenes Grab schaufelte, begann aber dennoch zu nicken, erst zögerlich und dann immer kräftiger, um das letzte bisschen Ehre, das er noch besaß, zu verteidigen. Und um einen Sieg zu bezeugen – ihre junge Haut an seiner, das Geheimnis zwischen ihren Beinen …

»Ja. Ja, Marjolein und ich, wir haben – na ja, den Rest kannst du dir denken.«

Gersons Mundwinkel zogen sich nach unten. Er atmete hörbar. »Mensch, Ed, das … Das sind schlechte Neuigkeiten. Sehr schlechte.«

Edward hob die Hände. Was sollte er auch sagen.

»Unser Verhaltenskodex … Du weißt doch, wie streng hier darauf geachtet wird.« Er schüttelte den Kopf. »Mir bleibt nichts anderes übrig, als … Schritte einzuleiten. Tut mir leid.«

»Ich verstehe.«

Gerson beugte sich zu ihm vor, mitfühlend diesmal. »Ich habe Verständnis dafür, Ed, daran liegt es nicht. Ich bin auch bloß ein Mensch. Aber so was … Das kann ich nicht einfach so unter den Teppich kehren, weißt du? Die Integrität der leitenden Angestellten *muss* im Vordergrund stehen …«

»Dann tu eben deine Pflicht.« Edward stand auf und ging zum Fenster. Die Hose klebte ihm am Hintern. Irgendwo da vorn auf dem Parkplatz stand sein Auto. Die Sonne brannte auf die Dächer, der Morgen war rein und klar. An einem solchen Tag hätte man an einem Stück bis Wladiwostok fahren können. An einem Morgen wie diesem würde man Blick auf das ganze Japanische Meer haben. Warum machten das eigentlich nur so wenige Leute?

Hinter ihm war Gerson aufgestanden. »Es sind ja bald Ferien. Fahr mit deiner Familie für ein paar Wochen nach Frankreich, such dir einen hübschen Ort und ruh dich erst mal ein paar Wochen aus.«

»Und was ist, wenn ich nicht will?« Edward drehte sich um. »Ich stecke hier mitten in wichtigen Forschungsarbeiten, ich kann überhaupt nicht weg.«

Gersons kleines Lächeln sagte alles. »Mit Wollen hat das nichts zu tun, Ed.«

Edward nickte resigniert. »Dann weiß ich Bescheid.«

Gerson streckte die Hand nach ihm aus und Edward hielt ihm automatisch seine hin, doch er sagte: »Nein, die andere.« Er nahm Edwards linkes Handgelenk und beugte sich über den Unterarm, schob die Brille auf die Stirn. »Entschuldige, das ist der Hausarzt in mir.« Er blickte auf. »Du hast eine Hautflechte, wusstest du das? Pass damit auf bei dem Kleinen, sie ist hochinfektiös.«

Edward wartete bis zur Mittagspause, bevor er den Gang zum Aufzug überquerte. Ohne sich umzudrehen, ging er mit seiner Tasche und dem Bündel Schlafsachen zum Parkplatz.

Auf einer Kreuzung unweit des Instituts blieb er stehen und kippte den Fahrersitz zurück. Er schlief eine Stunde und wartete weitere drei, in denen er versuchte, das Ausmaß der Katastrophe zu überblicken. Er brachte nur noch einzelne Sätze, den Tonfall zusammen … *Überzeuge mich, Ed, bitte …*

Um fünf Uhr nachmittags sah er Marjoleins Seat Ibiza in die Straße einbiegen. Er folgte ihr in einigem Abstand. Sie fuhr schnell, ruckartig und blinkte kein einziges Mal. Beide nahmen die Autobahnauffahrt. Komisch, dachte er, dass man sich gleich fühlt wie ein Psychopath, wenn man psychopathisches Verhalten an den Tag legt. Marjolein folgte exakt der Route, die ihm sein GPS vorgab, und hielt unweit ihrer Wohnung. Er parkte sein Auto ein Stück hinter ihrem auf dem Bürgersteig. Als sie gerade aussteigen wollte, öffnete er die Beifahrertür und ließ sich neben sie auf den Sitz fallen.

»Verdammt noch mal, Ed … Erschreck mich doch nicht so …« Die Hand auf ihrem Herzen.

Sie machte die Tür wieder zu und sah ihn an. Die Handtasche hielt sie eng an den Bauch gedrückt. An ihrem Hals pulsierte eine Ader. »Warum hast du mich nicht zurückgerufen?«

Man klang auch gleich wie ein Psychopath.

»Was machst du hier? Was ist los?«

Er sah durch die Windschutzscheibe. Die Hitze lag seufzend wie ein Hund auf der Straße. Ärmliche Geschäfte, Kopftücher, der Widerwille in den Gesichtern der Jungen – eine Straße in Tanger. Ein Mal war er dort gewesen. Das harte, undurchdringliche Leben der Marokkaner; alles hatte er deprimierend gefunden. »Jaap weiß es. Mit uns. Er weiß Bescheid.«

»Scheiße.«

Er drehte den Kopf zu ihr. »Hast du es jemandem erzählt?«

»Was glaubst du?«

Sein Gesicht verzog sich, fast so, als hätte er es zerknittert. »Auf dich kommt er bestimmt auch noch zu.«

Sie kramte in ihrer Tasche herum, dann sah sie den Schlüssel im Zündschloss stecken und zog ihn ab. »Was willst du, was soll ich tun? Was soll ich ihm sagen?«

»Das kann ich nicht an deiner Stelle entscheiden ... Vermutlich steht für dich nicht viel auf dem Spiel.« Er kratzte sich am Arm. »Ich bin verantwortlich.«

»Glaubst du?«, entgegnete sie, ohne ihn anzusehen.

»Du brauchst dir keine Sorgen zu machen.« Er ließ einen Moment verstreichen und fragte dann: »Woher weiß er das, Marjolein?«

Sie legte die weißen, knochigen Hände auf den Lenker. Manchmal blickten Vorübergehende zum Fenster herein. Was sahen sie? Einen Vater mit seiner Tochter. Einen

Mann mit seiner Geliebten. Bloß Menschen mit Problemen saßen so da.

Er sah sie an. Sie schüttelte den Kopf. Er würde sie nie mehr berühren, nicht so, damit war es vorbei. Sie waren aus ihrem Traum geweckt worden, alles, was geschah, lag in dem müden alten Nachmittagslicht vor ihnen.

Er stieg aus und ging zu seinem Auto. Sie machte ihm ein Zeichen, als er an ihr vorbeifuhr. Er blieb stehen, öffnete das Beifahrerfenster. Und dort, auf dem warmen Asphalt, die Autotür zwischen ihnen, machte sie ihm ihr Abschiedsgeschenk: »Mein Telefon lag auf dem Tisch. Er hat es mir gegeben. Und dabei gesehen, dass du angerufen hast. Da war ihm alles klar.« Ihre Hand lag auf der Tür, ihre Augen sahen durch die Windschutzscheibe weg. »So hat er es erfahren.«

Das Schwindelgefühl der Betrogenen. »Und wer ist ›er‹?«

»Sie haben Ihr Ziel erreicht«, sagte die elektronische Stimme.

»Jaap.« Sie schob den Träger ihrer Handtasche auf ihrer nackten, braunen Schulter höher. »Es tut mir leid.«

Er ging auf den Campingplatz wie ein heimkehrender Kriegsgefangener. Zwischen den Zelten flossen blaue Schatten, die einsetzende Flut.

»Da ist Onkel Ed!«, rief Hunter.

Edward stellte die Tasche ab. Mit einem Lächeln, das sein Gesicht in Stücke brach, sagte er: »Ich komme für ein paar Tage zu euch. In Ordnung?«

»Mi casa es tu casa«, antwortete Friso.

Edward räumte das noch unbenutzte obere Bett ab und legte seine Tasche darauf.

»Was ist passiert?«, fragte Friso in der Tür. »Ärger zu Hause?«

Edward nickte, sein Kiefer war so verkrampft, dass er kein Wort herausbekam.

Kurz darauf schenkte Friso zwei Becher Rotwein aus einem Tetrapak ein und sagte: »Il faut être toujours ivre. Hoppla.«

Edward saß auf der Veranda und trank den sauren Wein. Mücken stießen gegen seine Ohren. Weit weg rauschte die Autobahn, es wurde schnell dunkel. Hunter kam von den hell wie eine Tankstelle erleuchteten Sanitäranlagen in der Ferne wieder. An der Unterlippe hatte er ein bisschen Zahnpasta. »Gute Nacht, Onkel Ed.«

»Schlaf schön.«

»Bist du morgen auch noch da?«

»Ja. Ich schlafe hier, in dem Bett neben deinem.« Er zeigte darauf.

»Morris und Tante Ruth auch?«

»Nein, die nicht. Die machen es sich in ihrem eigenen Bett bequem.«

Der Junge nickte zufrieden.

Als Edward seinen Becher geleert hatte, sagte er: »Ich gehe auch mal schlafen.« Am Himmel glühte das ganze Licht der Stadt, orangefarben flackernd wie ein Feuer. Er blieb aber noch eine Weile sitzen. Friso schenkte nach.

»Ich habe Mist gebaut«, murmelte Edward. Der erste Satz eines nie fertig geschriebenen Briefes. Friso schwieg, und Edward empfand einen Anflug von Sympathie für ihn, seiner Diskretion wegen, weil er wusste, wie es war, alles zu verlieren.

Die Nacht war voller Mücken und Dämonen. Im Bett sehnte er den Morgen herbei. Um halb vier stieg er die Leiter hinunter und stupste seinen schnarchenden Schwager an. Erst gegen Morgen schlief er ein.

Er trank Instantkaffee im bohrenden Licht der frühen Sonne. Er hatte vergessen, wie frisch und angenehm es frühmorgens draußen sein konnte. Kleine Spinnen hatten zarte, glitzernde und tauschwere Netze zwischen den Grashalmen gewebt.

Mit dem schleppenden Gang eines Campingplatzgastes ging Edward mit einer Rolle Klopapier in der Hand zu den Sanitäranlagen. Der Tag lag richtungslos vor ihm. Nur eine Vorlesung am Nachmittag, das war alles. Die letzte vor den Sommerferien. Eine Anstrengung, die seine Kräfte weit überstieg, aber das Leben musste weitergehen, als wäre nichts gewesen; ein Bettler, der sich am Brunnenrand die Zähne putzt.

Nachmittags lieh er sich an der Rezeption ein Fahrrad und fuhr zum Stadtteil De Uithof. Die Fahrradtunnel lagen unter einem Geflecht von Straßen, er konnte sich nicht erinnern, wann er zum letzten Mal auf einem Fahrrad gesessen hatte. Dann verströmte ein Park zu seiner Linken Kühle, und auf der Höhe eines weitläufigen Friedhofs im Grünen erinnerte er sich plötzlich an die Henne, die mit sechzehn Jahren sein Mitleid erregt hatte. Als zerknautschtes gelbes Küken hatte er sie aus einem Hühnerstall in der Nähe des Dorfes mitgenommen. Gleichgültig hatte der Bauer das erlaubt, er wusste, wie so was ausging. Edward wollte der Henne bei den Zwerghühnern im Garten hinterm Haus ein gutes Leben ermöglichen. Das Küken wuchs zu einem großen, passiven Huhn heran, kaum bereit, sich zu bewegen, und wurde trotz seiner Größe bald zum Opfer der kleinen, aggressiven Zwerghühner, die es quer durch den Garten jagten und ihm die weißen Federn auspickten. Er konnte seine Henne nicht vor den Attacken der Schar beschützen und hatte das Gefühl, eine doppelte Niederlage zu erleiden. Die des Huhns, das es nicht schaffte, *etwas daraus zu machen*, und seine eigene: Er hatte etwas Gutes tun wollen, doch es lief eindeutig auf ein Fiasko hinaus. Die Henne war für ein Leben von anderthalb Monaten geschaffen und fand offenbar gar nichts dabei. Edward entwickelte eine Abneigung gegen dieses unterwürfige, missgestaltete Vieh und schämte sich dafür.

Irgendwann während seines Studiums war die Henne dann gestorben. Er wusste nicht, was seine Eltern mit dem toten Huhn gemacht hatten, mit seiner Henne, die er bis zum heutigen Tag, an dem sich seine Erinnerungen klar und farbenreich vor ihm entrollten, vergessen hatte. Er begriff nicht, warum er nie mehr an sie gedacht hatte, wenn Ruth ihm in Gesprächen Gefühllosigkeit vorwarf – die einzelnen Teile seiner Biographie wollten sich einfach nicht zu einem Ganzen, einem zusammenhängenden und bedeutungsvollen Leben fügen.

Der Hörsaal war nicht einmal halbvoll. Fast schon Ferien. Die Fenster standen offen. Als das Poltern und das Stimmengewirr sich gelegt hatten, hob er an: »Früher hatte ich eine weiße Henne. Sie wurde in irgendeiner Brutanstalt geboren und wuchs in einem warmen Stall mit tausenden, zehntausenden von ihresgleichen auf. Mit Aufwachsen meine ich hier natürlich etwas anderes als den allmählichen Prozess der Zellteilung, den man als Kindheit und Jugend bezeichnet und den Sie in rund zwanzig Jahren durchlaufen haben. Nein, mit einer Diät von Kraftfutter und Antibiotika platzte das Huhn innerhalb von anderthalb Monaten aus allen Nähten, von wenigen Gramm auf rund zweieinhalb Kilo, eine olympische Leistung … Stellen Sie sich mal vor, Sie wachsen mit Ihren Studienkollegen auf, ohne Eltern, Großeltern, Onkel, Tanten … Wohin Sie auch schauen, überall nur Altersgenossen, wie auf den Musikfestivals, auf die Sie gehen …«

Gelächter, zustimmende Rufe.

»In einem solchen Hühnerstall habe ich es gefunden, mein fett gemästetes Küken, auf einer dicken Schicht von Exkrementen hockend …«

»Wie bei Lowlands!«, rief ein Student irgendwo in

den hinteren Reihen. Gelächter donnerte zu Edward herunter.

»Ich durfte es einfach so in die Hand nehmen«, fuhr er fort, »und ich weiß zwar nicht, warum, aber ich wollte dieses eine Huhn retten.« Er blickte über den Brillenrand in den Hörsaal. »Selbst in der Hühnersprache hätte ich ihm nicht erklären können, was eine ›Mutter‹ ist, es hätte mich nicht verstanden. In seiner Welt gab es nichts Vergleichbares. Als ich das Küken mitnahm und es mit den anderen Hühnern bei uns im Garten leben lassen wollte, hatte ich keine Ahnung, dass das nicht gutgehen konnte, denn im Gegensatz zu ihm waren unsere Zwerghühner sozialisiert.« Er hob die Hände. »Und so habe ich meinem Huhn ein noch unglücklicheres Leben beschert, aus purem Idealismus. Und dieses Leben habe ich auch noch bis ins Unzumutbare verlängert …«

Er hielt einen Augenblick inne, um sich den Schweiß von der Stirn zu wischen. »Worum es mir hier geht, ist das Wort ›unglücklich‹, das ich gerade verwendet habe. Mein Huhn, sagte ich, war unglücklich. Es hat nicht gewusst, wie es mit diesen Artgenossen zusammenleben sollte, die im Gegensatz zu ihm genau wussten, wie man das macht, ein Huhn zu sein. In unseren Kreisen ist es nicht üblich, über die Gefühle von Tieren zu sprechen. Wir bestreiten zwar nicht, dass sie Gefühle haben könnten, gestehen sie ihnen aber andererseits auch nicht wirklich zu. Wir legen uns nicht fest. Das lässt meiner Frau zufolge auf ein mangelndes moralisches Empfinden schließen.«

Noch immer, sah er, machten sich einige Studenten Notizen. Ihr rührender Fleiß. Seine Gedanken schweiften immer weiter ab, er hatte keine Vorstellung mehr, wie er von der Geschichte seines Huhns zum eigentlichen Thema seiner Vorlesung kommen sollte, nämlich die Krankheitsüberträger im Allgemeinen und die Umstände, unter denen H5N1 zu einem luftübertragenen Virus werden konnte.

»Heute Nachmittag«, sagte er mit geschlossenen Augen, »auf dem Fahrrad auf dem Weg hierher, habe ich zum ersten Mal seit … dreißig, fünfunddreißig Jahren wieder an meine Henne gedacht und war überrascht, dass ich sie eine Zeit lang wirklich *geliebt habe* … oder zumindest … so etwas wie Mitgefühl mit ihr empfunden habe … Wenn ich heute in einen Mastbetrieb komme, will ich bloß so schnell wie möglich wieder weg. Der Ammoniakgeruch brennt in den Augen, man bekommt fast keine Luft mehr. Eigentlich mache ich mir nie mehr Gedanken über die Tiere, die unter solchen Umständen geboren werden, aufwachsen und sterben, ich denke bloß: Nichts wie weg hier. Das – und darum geht es mir, glaube ich, heute Nachmittag – das ist der Unterschied zwischen mir und dem Jungen mit seinem Huhn. Heute bin ich … ein anderer.«

Er klammerte sich mit beiden Händen am Stehpult fest.

»In der Zwischenzeit ist in meinem Leben etwas geschehen … Etwas Unwiderrufliches. Leider ist es so, dass wir mit zunehmendem Alter … eine gewisse Sensibilität einbüßen … Unsere Rezeptoren stumpfen ab. Deshalb ist das Alter so unerträglich, weil man sich manchmal plötzlich daran erinnert, wie es war … ein *Herz* zu haben, ein

Herz, das einen zu großen, unbesonnenen Taten befähigte, dazu, sich für etwas zu begeistern und sich als Teil des Lebens auf diesem Planeten zu fühlen.«

Er blickte auf. Die letzten Stifte waren zur Seite gelegt worden.

»Bin ich abgeschweift?« Er nahm die Brille von der Nase und wischte sie mit dem Hemdzipfel ab, der aus seiner Hose lugte. »Ein Herz«, fuhr er konzentriert putzend fort, »das einen glücklich und unglücklich machen kann, und das einen sogar mit so etwas wie einem Huhn verbindet ... einem Huhn, verflixt noch mal. Einem weißen Huhn.« Mit den Händen deutete er dessen Größe an.

»Die Neurologie kennt einen Begriff für das, was ich meine«, sagte er kurze Zeit später. »*Anæsthesia dolorosa* ... Schmerzliche Gefühllosigkeit ...«

Er blickte in den Hörsaal, sah alles unscharf.

»Soweit meine Einleitung ... Glaube ich ...« Er klappte die Bügel seiner Brille zusammen und legte sie auf das Blatt vor ihm. Rascheln, Flüstern, wie in der Kirche. Er wischte sich mit dem Arm über die Augen, doch sie füllten sich immer wieder mit Wasser. Er bemühte sich, keinen Lärm zu machen, konnte aber nicht verhindern, laut zu schnaufen. Die ersten verschwommenen Gestalten steuerten auf den Ausgang zu.

»Verzeihen Sie?« Ein Mädchen sprach ihn an. Er wehrte sie mit der Hand ab. Der Hörsaal leerte sich, beim Ausgang blieben noch ein paar Studenten stehen und starrten den weinenden Mann auf dem Podium an, bis auch sie in den Gang hinaustraten und fortgingen, dem Sommer entgegen.

Graham Swift im dtv

»Graham Swift ist ein großartiger Erzähler.«
Florian Welle in der ›Süddeutschen Zeitung‹

Das helle Licht des Tages
Roman
Übers. v. Barbara Rojahn-Deyk
ISBN 978-3-423-**13464**-4

»In diesem Roman fällt das kalte klare Licht eines Novembertages in die dunklen Hintergründe einer unwahrscheinlichen Liebesbeziehung.« (Thomas David in der ›NZZ‹)

Schwimmen lernen
Erzählungen
Übers. v. Barbara Rojahn-Deyk
ISBN 978-3-423-**13757**-7

Swifts Geschichten erzählen von der Sehnsucht nach Liebe, vom plötzlichen Hereinbrechen des Verschwiegenen in den Alltag, sie offenbaren die Macht der Vergangenheit wie den Zauber des Augenblicks.

Wasserland
Roman
Übers. v. Erika Kaiser
ISBN 978-3-423-**14053**-9

An einem strahlenden Sommertag im Jahre 1943 findet Henry Crick an einem Fluss in den Marschen East Anglias die Leiche eines 16-Jährigen. Freddie sei Opfer eines tragischen Unfalls geworden, heißt es …

Im Labyrinth der Nacht
Roman
Übers. v. Barbara Rojahn-Deyk
ISBN 978-3-423-**14197**-0

Was wissen wir über die, die wir lieben? Getrieben von den Furien der Nacht, kreist Paula in einem Erinnerungsmonolog um das Geheimnis ihrer Ehe und ihrer Familie.

Wärst du doch hier
Roman
Übers. v. Susanne Höbel
ISBN 978-3-423-**14318**-9

Jack Luxton blickt aus dem Fenster seines Schlafzimmers, hinter ihm, auf dem Bett, liegt ein Gewehr. Ellie, seine Frau, sitzt ein paar Meilen entfernt in ihrem am Straßenrand geparkten Wagen, während draußen ein tosender Sturm losbricht …

Letzte Runde
Roman
Übers. v. Barbara Rojahn-Deyk
ISBN 978-3-423-**14380**-6

Jack ist tot und seine Freunde wollen ihm einen letzten Wunsch erfüllen, seine Asche in Margate ins Meer streuen. Das Hologramm einer Freundschaft, Zeit- und Gesellschaftsporträt, für das Swift den Booker-Prize erhielt.